為愛啟程

陳幸蕙◎主編

編序

為愛啟程

陳幸蕙

基於一種特殊的因緣，前年底，在一次與幼獅公司圖書組主編林泊瑜討論事情的電話中，她偶然提及，幼獅正打算推出兩本散文選的編書企劃案。

泊瑜說，這兩本書的選文必需是純文學散文，主題則分別為品德教育、公平正義，讀者對象以國中及國中以上校園內新新人類為主；而如果，適讀性劃定在如此的範圍——我心想——那麼，實際上，除了兒童外，這兩本散文選其實是全民適讀的。

接著，在話筒彼端，泊瑜誠懇地邀我編這兩本書。

陷入短暫沉思之際，遠處適巧一輛救護車「喔咿——喔咿……」飛馳而過，我翻開手邊記事簿，迅速瀏覽、考量了一下未來工作計畫，說是因緣和合、因緣俱足，或因緣殊勝都好，總之，在那當下，微笑定案，我也誠懇答應了這兩本書的主編任務。

懷著使命感開工，我把自己化為一座蒐尋引擎，根據這兩個道德取向的主題，努力去尋找適切的作品。所謂適切，是指所選文章除了符合主題外，還必需具備兩個基本條件——高度的文學性，和深入淺出的特質。而在馬拉松式的編選、賞析作業過程後，以品德教育為主題的文集《人間愉快》，已在去年完成並出版；如今，你手上拿的這本《為愛啓程》，則是以公平正義為主題的另一本文選。

掀啓書頁，翻開目錄，你當發現，這本選集共收錄了二十位作家的作品，從民初的現代文學開山巨匠魯迅，到所謂六年級前段班和後段班的年輕作家褚士瑩、吳億偉等長短不一，但卻情思飽滿、令人低徊或啓人深思的篇章均入列。

雖然，這二十篇作品，當初並非為了「公平正義」這明確的主題從事書寫，但卻在不同的面向中，或多或少，都碰觸到了這一殊甚玩味的命題；而也正因為這些作品，撰文當下，並非為編選集而創作，完全是內心受到觸動，「我手寫我口，我手寫我心」的結果，因此遂也才都能非常自然、生動，且絕對純文學地於筆走墨飛間，呈現了這道德取向的議題。

簡言之，收入本選集的篇章，都不是作者「主題先行」的目的性創作，而是編者基於後設認知的優選擇結果。這之中，有人性的觀察、省思，也有公共議題的關懷、探討，而在二十一世紀追求權利平等、反對主流強勢霸凌非主流弱勢的時代氛圍下，本選集尤其為因應這個趨勢，而特別收錄了有關環境正義、共享地球等著墨當前、放眼未來的作品，並且在每篇選文後的「悅讀好望角」區塊中，盡心為讀者賞析該文的精妙處。

書名《為愛啓程》，眼尖的讀者可能很快便會想起由奧斯卡影后海倫米蘭主演，描述俄國大文豪托爾斯泰晚年生活的電影；甚至，也可能會心一笑發現，這是交通部為「臺灣道路安全年」活動所提出的文宣口號。

但，為愛啓程，絕非口號，而是一種溫暖美好的思維、理念；落實到人生來看，若每一件有意義的事，都能出自這樣一顆如水晶般純淨無渣滓的心，和這樣一種如勇士般使命必達、義無反顧的態度，這世界應該會更可愛吧！

總之——

為愛啓程，出發，前進！

於是，這本選集中的每篇文章，乃至這本選集，就這樣，在深情擁抱這充滿缺憾的人生與人間世的姿態下，完成了！

——二〇一四年七月於新北市新店

目錄

風箏

◎魯　迅

二十年來毫不憶及的幼小時候對於精神的虐殺的這一幕，忽地在眼前展開，而我的心也彷彿同時變了鉛塊，很重很重地墮下去了。

北京的冬季，地上還有積雪，灰黑色的禿樹枝丫叉於晴朗的天空中，而遠處有一二風箏浮動，在我是一種驚異和悲哀。

故鄉的風箏時節，是春二月，倘聽到沙沙的風輪聲，仰頭便能看見一個淡墨色的蟹風箏或嫩藍色的蜈蚣風箏。還有寂寞的瓦片風箏，沒有風輪，又放得很低，伶仃地顯出憔悴可憐模樣。但此時地上的楊柳已經發芽，早的山桃也多吐蕾，和孩子們的天上的點綴相照應，打成一片春日的溫和。我現在在哪裡呢？四面都還是嚴冬的肅殺，而久經訣別的故鄉的久經逝去的春天，卻就在這天空中蕩漾了。

但我是向來不愛放風箏的，不但不愛，並且嫌惡它，因爲我以爲這是沒出息孩子所做的玩藝。和我相反的是我的小兄弟，他那時大概十歲內外罷，多病，瘦得不堪，然而最喜歡風箏，自己買不起，我又不許放，他只得張著小嘴，呆看著空中出神，有時至於小半日。遠處的蟹風箏突然落下來了，他驚呼；兩個瓦片風箏的的纏繞解開了，他高興得跳躍。他的這些，在我看來都是笑柄，可鄙的。

有一天，我忽然想起，似乎多日不很看見他了，但記得曾見他在後園拾枯竹。我恍然大悟似的，便跑向少有人去的一間堆積雜物的小屋去，推開門，果然就在塵封的什物堆中發現了他。他向著大方凳，坐在小凳上；便很驚惶地站了起來，失了色瑟縮著。大方凳旁靠著一個蝴蝶風箏的竹骨，還沒有糊上紙，凳上是一對做眼睛用的小風輪，正用紅紙條裝飾著，將要完工了。我在破獲祕密的滿足中，又很憤怒他的瞞了我的眼睛，這樣苦心孤詣地來偷做沒出息孩子的玩藝。我即刻伸手折斷了蝴蝶的一支翅骨，又將風輪擲在地下，踏扁了。論長幼，論力氣，他是都敵不過我的，我當然得到完全的勝利，於是傲然走出，留他絕望地站在小屋裡。後來他怎樣，我不知道，也沒有留心。

然而我的懲罰終於輪到了，在我們離別得很久之後，我已經是中年。我不幸偶爾看了一本外國的講論兒童的書，才知道遊戲是兒童最正當的行爲，玩具是兒童的天使。於是二十年來毫不憶及的幼小時候對於精神的虐殺的這一幕，忽地在眼前展開，而我的心也彷彿同時變了鉛塊，很重很重地墮下去了。

但心又不竟墮下去而至於斷絕，他只是很重很重地墮著，墮著。

我也知道補過的方法的：送他風箏，贊成他放，勸他放，我和他一同放。我們嚷著，跑著，笑著——然而他其時已經和我一樣，早已有了鬍子了。

我也知道還有一個補過的方法的：去討他的寬恕，等他說：「我可是毫不怪你呵。」那麼，我的心一定就輕鬆了，這確是一個可行的方法。有一回，我們會面的時候，是臉上都已添刻了許多「生」的辛苦的條紋，而我的心很沉重。

我們漸漸談起兒時的舊事來，我便敘述到這一節，自說少年時代的糊塗。「我可是毫不怪你呵。」我想，他要說了，我即刻便受了寬恕，我的心從此也寬鬆了罷。

「有過這樣的事麼？」他驚異地笑著說，就像旁聽著別人的故事一樣。他什麼也不記得了。

全然忘卻，毫無怨恨，又有什麼寬恕之可言呢？無怨的恕，說謊罷了。

我還能希求什麼呢？我的心只得沉重著。

現在，故鄉的春天又在這異地的空中了，既給我久經逝去的兒時的回憶，而一併也帶著無可把握的悲哀。我倒不如躲到肅殺的嚴冬中去罷——但是，四面又明明是嚴冬，正給我非常的寒威和冷氣。

——選自《魯迅散文選》，洪範書店

作者簡介

魯迅（1881～1936），本名周樟壽，後改名周樹人，浙江紹興人，二十世紀中國重要思想家、作家與新文化運動領導人。少年留日習醫，返國後曾任教職，並與林語堂等創辦文學刊物《語絲》。著有小說《狂人日記》、《阿Q正傳》、《吶喊》、《徬徨》、《祝福》，散文集《朝華夕拾》、《野草》，雜文集《墳》、《熱風》、《南腔北調集》、《且介亭雜文》，並翻譯歐美文學、日本文學等多種，後人將其作品編纂為《魯迅全集》。

悅讀好望角

魯迅膾炙人口的散文〈風箏〉寫於一九二五年，魯迅四十四歲時。在這篇追憶往事的作品中，魯迅以高度批判精神面對自己早年所犯的過失，並痛陳內心無告、無解的悔恨與悲哀。

全文敘述二十多年前，他曾極不公平地將自己對風箏的嫌惡與主觀認知，強加在弟弟身上，對弟弟喜歡這「沒出息孩子所做的玩藝」深感「可鄙」，因此不但不許他放風箏，更曾蠻橫粗暴地把弟弟精心製作的風箏折斷、踏扁，大大摧殘了他純眞的樂趣，無異「精神虐殺」！而歲月悠悠，往事並不如煙，當魯迅終發現自己的錯誤時，已是中年，他對昔日行爲深切自責，亟思補過；只是，同樣也步入中年的弟弟卻早忘了這事——「全然忘卻，毫無怨恨，又有什麼寬恕之可言呢？」——往日錯誤既已無救贖、補償的機會，於是「我的心只得沉重著」，而魯迅認爲那就是歲月給他的懲罰，也是他必須永遠扛負的悲哀。

全文雖僅千餘字，但透過風箏事件，魯迅不僅嚴肅批判了自己，也批判了傳統社會專斷的兄長權威；此外，則正面肯定了兒童遊戲的必要性與「玩具是兒童的天使」等西方價值觀；對於自己恃強凌弱終至悔悟的心理轉折，以及無法補過、徒留遺憾的悲哀失落等，也有非常細膩生動的描述，是一篇意涵深刻、層次豐富的散文。至於文中所提到的「弟弟」則是比魯迅小七歲的周建人，故事發生當年，魯迅十七歲，周建人十歲。

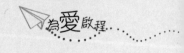

囚綠記

◎陸蠡

我拿綠色來裝飾我這簡陋的房間，裝飾我過於抑鬱的心情……我囚住這綠色如同幽囚一隻小鳥，要它為我作無聲的歌唱。

這是去年夏間的事情。

我住在北平的一家公寓裡。我占據著高廣不過一丈的小房間，磚鋪的潮溼的地面，紙糊的牆壁和天花板，兩扇木格子嵌玻璃的窗，窗上有很靈巧的紙捲簾，這在南方是少見的。

窗是朝東的。北方的夏季天亮得快，早晨五點鐘左右太陽便照進我的小屋，把可畏的光線射個滿室，直到十一點半才退出，令人感到炎熱。這公寓裡還有幾間空房子，我原有選擇的自由的，但我終於選定了這朝東房間，我懷著喜悅而滿足的心情占有它，那是有一個小小理由。

這房間靠南的牆壁上，有一個小圓窗，直徑一尺左右。窗是圓的，卻嵌著一塊六角形的玻璃，並且左下角是打碎了，留下一個大孔隙，手可以隨意伸進伸出。圓窗外面長著常春藤。當太陽照過它繁密的枝葉，透到我房裡來的時候，便有一片綠影。我便是歡喜這片綠影才選定這房間的。當公寓裡的夥計替我提了隨身小提箱，領我到這房間來的時候，我瞥見這綠影，感覺到一種喜悅，便毫不猶疑地決定下來，這樣了截爽直使公寓裡夥計都驚奇了。

綠色是多寶貴的啊！它是生命，它是希望，它是慰安，它是快樂。我懷念著綠色把我的心等焦了。我歡喜看水白，我歡喜看草綠。我疲累於灰暗的都市的天空，和黃漠的平原，我懷念著綠色，如同涸轍的魚盼等著雨水！我急不暇擇的心情即使一枝之綠也視同至寶。當我在這小房中安頓下來，我移徙小檯子到圓窗下，讓我的面朝牆壁和小窗。門雖是常開著，可沒人來打擾我，因爲在這古城中我是孤獨而陌生。但我並不感到孤獨。我忘記了困倦的旅程和已往的許多不快的記憶。我望著這小圓洞，綠葉和我對語。我了解自然無聲的語言，正如它了解我的語言一樣。

我快活地坐在我的窗前。度過了一個月，兩個月，我留戀於這片綠色。我開始了解渡越沙漠者望見綠洲的歡喜，我開始了解航海的冒險家望見海面飄來花草的莖葉的歡喜。人是在自然中生長的，綠是自然的顏色。

我天天望著窗口常春藤的生長。看它怎樣伸開柔軟的卷鬚，攀住一根緣引它的繩索，或一莖枯枝；看它怎樣舒開摺疊著的嫩葉，漸漸變青，漸漸變老，我細細觀賞它纖細的脈絡，嫩芽，我以揠苗助長的心情，巴不得它長得快，長得茂綠。下雨的時候，我愛它淅瀝的聲音，婆娑的擺舞。

忽然有一種自私的念頭觸動了我。我從破碎的窗口伸出手去，把兩枝漿液豐富的柔條牽進我的屋子裡來，教它伸長到我的書案上，讓綠色和我更接近，更親密。我拿綠色來裝飾我這簡陋的房間，裝飾我過於抑鬱的心情。我要借綠色來比喻蔥蘢的愛和幸福，我要借綠色來比喻猗郁的年華。我囚住這綠色如同幽囚一隻小鳥，要它爲我作無聲的歌唱。

綠色的枝條懸垂在我的案前了。它依舊伸長，依舊攀緣，依舊舒放，並且比在外邊長得更快。我好像發現了一種「生的喜歡」，超過了任何種的喜悅。從前我有個時候，住在鄉間的一所草屋裡，地面是新鋪的泥土，未除淨的草根在我的床下茁出嫩綠的芽苗，蕈菌在地角上生長，我不忍加以剪除。後來一個友人一邊說一邊笑，替我拔去這些野草，我心裡還引爲可惜，倒怪他多事似的。

可是在每天早晨，我起來觀看這被幽囚的「綠友」時，它的尖端總朝著窗外的方向。甚至於一枚細葉，一莖捲鬚，都朝原來的方向。植物是多固執啊！它不了解我對它的愛撫，我對它的善意。我爲了這永遠向著陽光生長的植物不快，因爲它損害了我的自尊心。可是我囚繫住它，仍舊讓柔弱的枝葉垂在我的案前。

它漸漸失去了青蒼的顏色，變成柔綠，變成嫩黃；枝條變成細瘦，變成嬌弱，好像病了的孩子。我漸漸不能原諒我自己的過失，把天空底下的植物移鎖到暗黑的室內；我漸漸爲這病損的枝葉可憐，雖則我惱怒它的固執、無親熱，我仍舊不放走它。魔念在我心中生長了。

我原是打算七月尾就回南去的。我計算著我的歸期，計算這「綠囚」出牢的日子。在我離開的時候，便是它恢復自由的時候。

蘆溝橋事件發生了。擔心我的朋友電催我趕速南歸。我不得不變更我的計畫，在七月中旬，不能再流連於烽煙四逼中的舊都，火車已經斷了數天，我每日須得留心開車的消息。終於在一天早晨候到了。臨行時我珍重地開釋了這永不屈服於黑暗的囚人。我把瘦黃的枝葉放在原來的位置上，向它致誠意的祝福，願它繁茂蒼綠。

離開北平一年了。我懷念著我的圓窗和綠友。有一天，得重和它們見面的時候，會和我面生麼？

——選自《陸蠡散文集》，洪範書店

作者簡介

陸蠡（1908～1942），本名陸聖泉，浙江天台人，上海勞動大學機械系畢業，曾在杭州擔任教職，後至上海「文化生活出版社」工作。一九四二年日軍無理抄查「文化生活出版社」，陸蠡至巡捕房交涉，遭日本憲兵隊逮捕，嚴刑致死。著有《海星》、《竹刀》、《囚綠記》三本散文集，並譯有《魯濱遜飄流記》、《希臘神話》、屠格涅夫長篇小說《羅亭》與《煙》等。

悅讀好望角

〈囚綠記〉是三〇年代作家陸蠡代表性散文之一。陸蠡以一枝清暢流麗之筆，在此文中鋪敘了他和一株常春藤歡喜邂逅、相看兩不厭、其後自私地幽囚這象徵「蔥蘢的愛和幸福」的美麗植物、最終又還它自由的故事。標題「囚綠記」中「綠」之一字雖明指常春藤，但也暗示「它是生命，它是希望，它是慰安，它是快樂」。全文所述雖僅是陸蠡個人心生「魔念」致使常春藤失去陽光與生之歡喜的故事，但透過這看似平凡日常的事件，陸蠡所書寫且欲探討的，其實卻是——愛與占有的迷思，也是假愛與善意之名，侵犯其他個體自由意志，未予尊重、公平對待的課題。

由結語「離開北平一年了」來看，本文應寫於蘆溝橋事變翌年，一九三八年。令人感慨的是，陸蠡從北平南歸上海後第四年，才新婚不久，便因日軍抄查他所負責的出版社，隻身至巡捕房交涉，一去不返。其後，據曾與陸蠡囚於同一牢房者表示，日本憲兵隊提審陸蠡時曾問他「日本人能不能征服中國？」陸蠡堅定回答：「絕不可能！」引起日人憤懣，遂遭嚴刑致死，時年僅三十四。如此悲壯結局，若對照〈囚綠記〉文末，陸蠡把鎖禁多時的常春藤重新放回陽光下，「開釋了這永不屈服於黑暗的囚人」之敘述來看，怎不令人格外欷歔?!

人鼠之間

◎琦 君

牠從從容容地吃著東西，與我保持不亢不卑的風度。況且牠只是出來覓食，並沒有「盜竊」這個法律觀念，我們又怎麼能責怪牠的行為不當呢？

有一年去高雄，住在一間中級的觀光旅社中。入夜熄燈思睡。才一合眼，就聽見床邊悉悉索索的聲音，還以爲是最可惡的蟑螂來臨。所以趕緊開燈，生怕蟑螂爬到臉上來，任是「菩薩心腸」，也非置之死地不可。燈一亮，卻只見一道小小的黑影倏然而逝。絕不會有那麼大的蟑螂，我想，那麼是壁虎嗎？只聽說南部的壁虎會叫，但總該是在牆壁或天花板上，不該爬到旅客耳根邊來擾人清夢吧。搜索了半天，一無所見，只好又把燈關去。不一會兒，悉索之聲又起，而且愈來愈接近。我急忙再開燈，卻發現是一隻小小的老鼠，把我床頭几上一塊吃剩的巧克力糖，連錫箔紙拖到床上。看樣子牠是打算從席夢思墊子邊拖下去，牠的窩一定就在墊子縫中。奇怪的是這隻迷你小鼠，竟是遠遠地蹲伏著，眨著一對黑豆小眼睛直瞪我，爲了不能到嘴的巧克力糖，牠居然捨不得撤退，好大的膽子，眞是新生小「鼠」不怕「人」。我本來對於小動物都非常的喜愛，貓狗自不必說，就連人見人厭的過街老鼠，我也無心殺害。尤其是對於眼前這隻楚楚依人、飢腸轆轆的小老鼠，越發動了憐憫之念。同時想起古人「爲鼠常留飯，憐蛾不點燈」的詩句，覺得我與這隻小鼠之間，竟有了靈犀一點。因爲佛家說的，大凡對一切生靈，你只要不動殺機，牠們就有感應。猛虎不會傷你，野兔不會躲你。於是我起身把巧克力糖緩緩推向牠，並輕聲對牠說：「你一定餓了，快吃吧。」牠畏縮地遲疑了一下，既不前進也不後退，我索性再把燈關去，表示絕無傷害牠的意思。慢慢的，就聽到牠把糖拖到地板上，索性安安穩穩地吃起來了。我聽了一陣，還是忍不住開亮燈，想欣賞牠究竟是怎麼個飽餐美味。牠坐在地毯上，兩隻小前腿捧著巧克力糖，小嘴啃得好起勁。對於我的再次開燈，已毫無畏懼之意。看牠全心全意享受一頓豐盛的夜點，好替牠高興。套一句杜甫的詩：眞是「得食『床邊』『小鼠』馴」，原來人可以跟任何動物做朋友，只要你以眞誠相對。想想人與動物可以赤誠相對，人與人之間，爲何有時反而不能呢？大概是因爲人比動物聰明得太多，複雜得太多，人世的險詐，豈是動物單純的頭腦所能想像得到的呢？

鼠不幸被人類視爲「人格卑賤」的動物，因而把不齒的人比作「鼠輩」。《詩經．鄘風》〈相鼠篇〉：「相鼠有體，人而無禮，人而無禮，胡不遄死。」就是說觀察最低等的動物老鼠尚且有個外貌，人怎麼可以沒有禮儀呢？可是我現在觀察這隻小小而寂寞的老鼠，牠從從容容地吃著東西，與我保持不亢不卑的風度。況且牠只是出來覓食，並沒有「盜竊」這個法律觀念，我們又怎麼能責怪牠的行爲不當呢？這個世界，如果人與動物不要弱肉強食，相生相剋，該多麼好？人與人都能和平相處，互助互愛，又該多麼好？

想起斯坦貝克的成名作《人鼠之間》這部小說，雖然並沒有具體地寫人與鼠的故事，相信他是以象徵的手法，暗示人類的相互傾軋殘害。一對相依爲命的流浪漢喬治與蘭尼，努力地做著苦工，一心盼望能有自己的一塊土地而不可得。喬治終於不忍眼看痴傻而忠厚的蘭尼被人謀害，寧可親手處決了他，讀後使人心情沉重萬分。據說他的靈感，是由於十八世紀蘇格蘭詩人勞勃脫勃恩斯一首〈給鼠的詩〉所啓示。詩是寫耕田時看見一隻小鼠，原希望安居田中，但人類的犁頭無情地犁開泥土，小鼠就悽悽惶惶，無處容身了。詩人與小說家的心是多麼富於同情而溫厚。日本一位詩人說：「看啊！蒼蠅在搓著牠的手、牠的腳呢！」可說民胞物與，體察入微。記得童年時，看過豐子愷的一幅漫畫，畫一隻小老鼠在碟子裡吃飯，一個胖小孩蹲著全神貫注地守著牠吃得津津有味。題的是「赤子心」三字。小孩眉眼之間神情的喜悅，與小鼠對她全心的信賴，都在簡單幾筆中表露出來，引起觀賞者一片慈祥愷悌之心。孟子說：「惻隱之心，仁之端也。」文豪與藝術家筆下，所啓迪的就是這一點微妙的端倪，可貴的人性，也就是仁心。像豐子愷這樣充滿愛心的人，如何能在人與人不能相容的社會中生存下去呢？

記起在初中時，英文課本用的是奧爾柯德著的《小婦人》，二姊蜀因發現體弱的三妹佩絲，似乎在暗暗喜歡她自己的愛人鄰居男孩勞立時，她有意成全妹妹，每當勞立來時，她就悄悄躲到角樓上，讓勞立多陪佩絲談心。她在角樓上翻著她們四姊妹童年時代的玩具箱，回憶往事，一向豪邁如男孩的蜀，也不由得百感叢生。覺得姊妹都已長大了，即使親如父母和手足，有時彼此的心情也無法溝通。她百無聊賴地翻弄著破舊的玩具，忽然發現一隻小老鼠驚慌地跑了出來，蜀好高興，喃喃地對牠說：「你別怕，你別跑，讓我們做個朋友吧。」她就剝點餅乾屑給牠吃，小鼠也漸漸不怕了，以後每當蜀一個人伏在玩具箱上寫文章，小鼠就靜靜地蹲在一邊陪她，相依如知己。這一段文字寫得非常生動感人。慈祥的施德鄰老師以抑揚頓挫充滿感情的音調，讀完了這一章以後，又以異乎平時的語調對我們說：「人在寂寞中，格外能體驗萬物之情，也唯有在寂寞之時，最懂得愛。」當時我年紀太輕，聽了只是一知半解。幾十年後的今天，回顧前塵，經過多少繁華，也耐過多少寂寞，因而想起當年兩鬢斑白的施德鄰老師，說此話時一定有深深的感觸吧。她於退休以後，因熱愛中國，於民國四十八、九年再來臺灣從事佈道工作，住在新竹的青草湖。當我們師生重逢時，她仍以純熟的杭州土話，指著我們每個人說：「你是蜀，你是梅格，你是佩絲或艾美。」她牢牢記得我們每個人的性格與《小婦人》中四姊妹相似之處，我們望著她已白髮皤然，歡欣中噙著淚水。她問我們還記不記得《小婦人》中的好文章。我大聲而有把握地說：「記得記得。尤其是蜀與小鼠之間的感情。」

她湛藍的眼神深深地注視著我半晌，微笑地說：「我住在青草湖好清靜，有時傍晚在田野間散步，時常看到小青蛙跳躍到腳邊，也會想起蜀對小鼠的那分感情。」我不禁在心裡想，老師於垂老之年，遠適異國，此心是否感到寂寞呢？她終於因心臟病突發，在臺灣去世，而且就葬在青草湖，也許老師眞個是飄零一身，認爲到處青山好埋骨吧！

我忽然覺得，這個世界，無論是絢燦如錦，或雨歇歌沉，一顆心總是閒閒的，也清清寂寞的。生涯中的點點滴滴，記憶都十分清晰。因而對多年前，高雄旅邸中，深夜出來覓食的小鼠，也不由得懷念起來了。

——選自《桂花雨》，爾雅出版社

作者簡介

琦君（1918～2006），本名潘希真，浙江永嘉人，曾任司法行政部編審科長，文化大學、中央大學、中興大學中文系教授；曾獲金鼎獎、國家文藝獎、中山文藝獎等。著有小說集《菁姐》、《百合羹》、《錢塘江畔》、《橘子紅了》，散文集《紅紗燈》、《桂花雨》、《三更有夢書當枕》、《水是故鄉甜》等。

悅讀好望角

讀琦君〈人鼠之間〉一文，頗令人想起動畫大師華德狄斯耐所一手打造的卡通王國，當初也是因體貼餵食一隻「飢腸轆轆」的老鼠，並細膩觀察牠「楚楚依人」之可愛舉止而開始的。人鼠之間，若有情相待、「赤誠相對」，竟可以蘊涵如此豐富可喜的可能！而綜觀琦君此文，除文字親切生動、敘述有條不紊，且高度展現了未泯的童心外，最難能可貴的是，字裡行間所不斷透顯出來的柔軟心、人道主義精神與「人可以和任何動物做朋友」的平等心，因之對於鼠被視爲「卑賤的動物」、以「鼠輩」指稱「不齒的人」，遂也同樣流露了不以爲然的不平與感慨。

全文列舉了美國小說家斯坦貝克、奧爾柯德，和蘇格蘭詩人勞勃脫勃恩斯、日本俳句詩人小林一茶、民初散文家兼漫畫家豐子愷等人作品，旁徵博引，娓娓暢敘，實爲文章增添不少醇厚韻味。琦君說這些作家的心「富於同情而溫厚」，又說他們「民胞物與，體察入微」，啓迪了讀者的慈祥愷悌與惻隱之心，極爲稱賞；其實，如持之以看琦君這篇作品，又何嘗不然！

買票

◎林太乙

我覺得這非常不公道。為什麼人人都有一張票而我沒有？爸既然帶我來，為什麼不給我買票就要拉我進去？「我也要一張票！」我大叫，大哭起來……

小時候我和家人住在上海，五歲的時候，第一次和父母親去看電影。對我來說，那是件大事，因爲姊姊已經有資格看電影了，妹妹太小，還不能去看。我不知道看電影是怎麼回事，只知道大人認爲我可以去看了，所以覺得非常神氣。爸爸說，在戲院裡我要乖乖的，不許講話。我答應了。

到了戲院，爸爸去買票。要入場的時候，我看見每人手裡拿一張票，要交給收票的，讓他撕一半才能進去。輪到我們的時候，我向爸爸要我的票。他卻說，「你不必票就可以進去。」

我覺得這非常不公道。爲什麼人人都有一張票而我沒有？爸既然帶我來，爲什麼不給我買票就要拉我進去？「我也要一張票！」我大叫，大哭起來。

「你這孩子眞不講道理，」爸媽同時說，「你不必票就可以進去，還在吵什麼？」

我繼續大哭大鬧。我要的只是公平待遇，人人都有票，我也要一張，這有什麼不講道理？我們擋住了入口，別人都在看我，很不耐煩，有的搖頭，和父母親一樣，說，「這孩子眞沒有道理！」

他們越說我沒有道理我越生氣。爸爸拿我沒辦法，只好買一張票給我。我這才像別人一樣，把票規規矩矩地交給收票的，讓他撕成一半，跟父母進去戲院。放的是什麼電影我完全沒有印象，只在黑漆漆的戲院裡靜靜流眼淚，情緒還沒有平復。

回家後，父母親又教訓我一頓，說六歲以下的兒童不必買票。你這麼不講道理，以後不帶你去看電影。我聽了才不在乎。我五歲的時候對金錢毫無認識，所以對白花錢替我買票也不覺得是冤枉的。一個人，無論是什麼年齡，對什麼是對，什麼是錯的感覺，只能憑當時的知識。我認爲我爲自己爭取公平待遇，絕對有道理。

過了這麼多年，我沒有忘記這件事。現在我對金錢是什麼東西多多少少有了認識。我也買過不知道多少張入門票。但是我不知道，假使再遇到五歲時同樣的情況，以爲自己沒有受到公平待遇，會不會再冒大不韙，大吵大鬧，還是會靜靜地免費入場？

我希望我還有那股蠻勁。

——節選自《林家次女》，九歌出版社

作者簡介

林太乙（1926～2003），本名林玉如，福建漳州人，文壇大師林語堂次女，中英文造詣俱深，曾任《讀者文摘》中文版總編輯。著有散文集《女王與我》，小說《金盤街》、《好度有度》、《蕭邦，你好》、《春雷春雨》，傳記文學《林語堂傳》、《林家次女》，並編纂《語堂文選》、《語堂幽默文選》，英譯《鏡花緣》等，曾獲國家文藝獎、中山文藝獎、臺北文學獎等。

悅讀好望角

文學大師林語堂女兒林太乙七十歲時，回首前塵舊事，心潮湧動，曾寫下自傳《林家次女》。在這部追念逝水年華的回憶錄中，林語堂身影、風範處處可見，故散文家董橋曾說，讀了《林家次女》，他才「算是真正讀了林語堂的傳記。」在《林家次女》一書序文中，林太乙曾以歡悅的語氣表示：「我在這本書裡描述我充滿快樂、又好玩又好笑的童年和成長過程……」全書第三章〈戇囝仔〉中〈買票〉一節所述，便是林太乙五歲那年在上海第一次看電影的趣事。

雖然幼兒免費入場觀影，是成人世界再自然不過的「道理」，但時年五歲的林太乙卻秉持其天眞的「公平」邏輯，堅持與成人同等待遇，非買票入場不可，且大哭大鬧，力爭到底，因而衍生了一場令人啼笑皆非的戲外戲。而多年後追憶這「不講道理」的往事，莞爾之餘，林太乙則仍以「我希望我還有那股蠻勁」之結論，一方面肯定了天眞戇直、擇善固執的兒童天性，另方面也暗示了人生於世，公平待遇需靠自己積極爭取，所謂「蠻勁」其實便是一種堅持到底的精神。

在《林家次女》書末〈春日在懷〉一章中，林太乙說，她是因爲在回憶裡找到了童年和少年，所以才把它們寫出來——

「回憶比什麼都寶貴。地坼天崩，改變不了我的回憶。光陰荏苒，奪不去在懷的春日！」

如是觀之，則五歲那年看電影的初體驗和那股天眞無邪、力爭到底的

「蠻勁」，對林太乙來說，便正是光陰奪不走的在懷春日吧！

〈買票〉一文曾以單篇形式發表於聯合報副刊，收入《林家次女》一書時，林太乙將此文前三句改成了「回上海之後，我第一次和父母親去看電影」，與當初發表者略有不同，特說明如上。

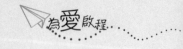

你的耳朵特別名貴？

◎余光中

人叫狗吠，到底還是以血肉之軀搖舌鼓肺製造出來的「原音」，無論怎麼吵人，總還有個極限，在不公平之中仍不失其為公平。但是用機器來吵人，卻是以逸待勞、以物役人的按鈕戰爭……

七等生的短篇小說〈余索式怪誕〉寫一位青年放假回家，正想好好看書，對面天壽堂漢藥店辦喜事，卻不斷播放惑人的音樂。余索走到店裡，要求他們把聲浪放低，對方卻以一人之自由不得干犯他人之自由爲藉口加以拒絕。於是余索成了不可理喻的怪人，只好落荒而逃，遁於山間。不料他落腳的寺廟竟也用擴音器播放如怨如訴的佛樂，而隔室的男女又猜拳嬉鬧，余索忍無可忍，唯有走入黑暗的樹林。

我對這位青年不但同情，簡直認同，當然不是因爲我也姓余，而是因爲我也深知噪音害人於無形，有時甚於刀槍。噪音，是聽覺的汙染，是耳朵吃進去的毒藥。叔本華一生爲噪音所苦，並舉歌德、康德、李克登堡等人的傳記爲例，指出凡偉大的作家莫不飽受噪音折磨。其實不獨作家如此，一切需要思索，甚至僅僅需要休息或放鬆的人，皆應享有寧靜的權利。有一種似是而非的論調，認爲好靜乃是聽覺上的「潔癖」，知識分子和有閒階級的「富貴病」。在這種謬見的籠罩之下，噪音的受害者如果向「音源」抗議，或者向第三者，例如警察吧，去申冤投訴，一定無人理會。「人家聽得，你聽不得？你的耳朵特別名貴？」是習見的反應。所以製造噪音乃是社會之常態，而干涉噪音卻是個人之變態，反而破壞了鄰里的和諧，像余索一樣，將不見容於街坊。詩人庫伯（William Cowper）說得好：

吵鬧的人總是理直氣壯。

其實，不是知識分子難道就不怕吵嗎？《水滸傳》裡的魯智深總是大英雄了吧，卻也聽不得垂楊樹頂群鴉的聒噪，在眾潑皮的簇擁之下，一發狠，竟把垂楊連根拔起。

叔本華在一百多年前已經這麼畏懼噪音，我們比他「進化」了這麼多年，噪音的勢力當然是強大得多了。七等生的〈余索式怪誕〉刊於民國六十四年，可見那時的余索已經無所逃於天地之間。十年以來，我們的聽覺空間只有更加髒亂。無論我怎麼愛臺灣，我都不能不承認臺北已成爲噪音之城，好發噪音的人在其中幾乎享有無限的自由。人聲固然百無禁忌，狗聲也是百家爭鳴；狗主不仁，以左鄰右舍爲芻狗。至於機器的噪音，更是橫行無阻。最大的凶手是擴音器，商店用來播音樂，小販用來沿街叫賣，廣告車用來流動宣傳，寺廟用來誦經唱偈，人家用來辦婚喪喜事，於是一切噪音都變本加厲，擴大了殺傷的戰果。四年前某夜，我在臺北家中讀書，忽聞異聲大作，竟是辦喪事的嘔啞哭腔，經過擴音器的「現代化」，聲浪洶湧淹來，浸灌吞吐於天地之間，只覺其悽厲可怕，不覺其悲哀可憐。就這麼肆無忌憚地鬧到半夜，我和女兒分別打電話向警局投訴，照例是沒有結果。

噪音害人，有兩個層次。人叫狗吠，到底還是以血肉之軀搖舌鼓肺製造出來的「原音」，無論怎麼吵人，總還有個極限，在不公平之中仍不失其為公平。但是用機器來吵人，管它是收音機、電視機、唱機、擴音器，或是工廠開工，電單車發動，卻是以逸待勞、以物役人的按鈕戰爭，太殘酷、太不公平了。

早在兩百七十年前，散文家斯迪爾（Richard Steele）就說過：「要閉起耳朵，遠不如閉起眼睛那麼容易，這件事我常感遺憾。」上帝第六天才造人，顯已江郎才盡。我們不想看醜景，閉目便可，但要不聽噪音，無論怎麼掩耳、塞耳，都不清靜。更有一點差異：光，像棋中之車，只能直走；聲，卻像棋中之砲，可以飛越障礙而來。我們注定了要飽受噪音的迫害。臺灣的人口密度太大，生活的空間相對縮小。大家擠在牛角尖裡，人人手裡都有好幾架可發噪音的機器，不，武器，如果不及早立法管制，認眞取締，未來的聽覺汙染勢必造成一個半聾的社會。

每次我回到臺北，都相當地「近鄉情怯」，怯於重投噪音的天羅地網，怯於一上了計程車，就有個音響喇叭對準了我的耳根。香港的計程車裡安靜得多了。英國和德國的計程車裡根本不播音樂。香港的公共場所對噪音的管制比臺北嚴格得多，一般的商場都不播音樂，或把音量調到極低，也從未聽到誰用擴音器叫賣或競選。

愈是進步的社會，愈是安靜。濫用擴音器逼人聽噪音的社會，不是落後，便是集權。曾有人說，一出國門，耳朵便放假。這實在是一句沉痛的話，值得我們這個把熱鬧當作繁榮的社會好好自省。

——選自《憑一張地圖》，九歌出版社

作者簡介

余光中（1928～　），福建永春人，臺大外文系學士，美國愛荷華大學藝術碩士，曾任教於師範大學、政治大學、香港中文大學，現為中山大學榮譽講座教授，以詩、散文、評論、翻譯為其創作的四度空間，曾獲金鼎獎、國家文藝獎等。著有詩集《白玉苦瓜》、《五行無阻》、《高樓對海》、《藕神》，散文集《焚鶴人》、《記憶像鐵軌一樣長》、《日不落家》、《青銅一夢》，評論集《從徐霞客到梵谷》、《藍墨水的下游》、《舉杯向天笑》，翻譯《梵谷傳》、《不可兒戲》等。

悅讀好望角

余光中〈你的耳朵特別名貴？〉一文曾選入高中國文課本，是一篇探討臺灣噪音汙染課題的作品。全文從公平的角度切入，既痛陳噪音對他人造成的妨害，復慨嘆公權力未能伸張，致使受噪音迫害者投訴無門、苦澀無奈的情狀，並語重心長指出，噪音充斥是落後社會的象徵，「愈是進步的社會，愈是安靜」，故呼籲及早立法管制，使島上人人都「享有寧靜的權利」。

簡言之，余光中在此文中分別從生理、精神、文化、民眾習性、生活品質、社會倫理等面向，探討了噪音公害對小我、大我的負面影響，可謂充分展現了一位愛臺灣的作家和知識分子的睿見與社會關懷。值得注意的是，此文寫於一九八五年，二十餘年後（二〇〇八），基於「維護國民健康及環境安寧，提高國民生活品質」等考量，政府終修正公布了「噪音管制法」，臺灣正式進入立法管制噪音的時代。然而若對照余光中此文以觀，欲使臺灣成爲眞正的寧靜島而非噪音島，立法之外，島民是否能將心比心、尊重他人「寧靜權」，或許才是重點所在吧！

鹽寮的野百合

◎孟東籬

沒有人能說去採一捧野百合是不對的，但問題是在這自然的豐碩中，常有教人心痛的擔憂：鹽寮這自然的恩賜能任我們揮霍到幾時？

鹽寮，是花東沿海公路上一個散居的小村，在花蓮市南方約二十公里。這裡離海岸五十至兩百公尺，便緩緩的升起了月眉山，月眉山不高，只有一兩百公尺，經多年砍伐，已沒有多少樹木，但雜草遍山，倒也蔥綠，從山坡上俯視太平洋，碧藍遼闊。

月眉山每到三四月，就在草叢中開出許多壯碩清麗芬芳沁人的野百合，據我所知，十年前就有花蓮的年輕人成群結隊到鹽寮郊遊，大把大把採去，漸漸的，野百合終於少了。

今年，雨停之後，鹽寮的大人小孩開始大量採取，幾乎每個家庭都放了一大把，有的躺在地上，有的浸在水盆裡，有的插在瓶中。不上學的時候，你可以看到三五成群的孩子們，各自捧著一大把從山坡下來，走在路上。那實在可說是豐碩的美景，但那美景是讓人心痛的！

孩子們採野百合，並不一定是爲了自己喜歡，而是爲了拿到花蓮去賣，一朵兩塊錢。也有人來收購，一朵兩塊，再拿到花蓮以五元售出。可是這些花，豈只是一朵幾元的問題！你說它一朵值一百塊都可以。這些花，就是耶穌所說，每一朵都比所羅門王最榮華的時候尤爲美麗的野百合。

而今，山道上到處是摧殘的花梗與花朵，凡能見到的能採到的，都會被採光，只有山溝懸崖頂上的得免於難。

鹽寮的大人們是好大人，鹽寮的孩子們是好孩子，沒有人能說去採一捧野百合是不對的，但問題是在這自然的豐碩中，常有教人心痛的擔憂：鹽寮這自然的恩賜能任我們揮霍到幾時？這樣的殺雞取卵的採擷，豈不是在野百合還來不及孕育下一代時，就已被拔除了嗎？今年所採的地方，明年還會再有嗎？

我相信鹽寮的百合還可以讓人再採幾年，但幾年以後呢？鹽寮還有百合嗎？

臺灣還有一個「遍山野百合」的鹽寮嗎？

請支援鹽寮的野百合，請保留鹽寮的野百合，請讓鹽寮永遠是一個有野百合的鹽寮，請讓臺灣有一個地方，名叫「有野百合的鹽寮」，並讓那有百合的鹽寮的百合滿山滿谷。

——選自《愛生哲學》，爾雅出版社

作者簡介

孟東籬（1937～2009），本名孟祥森，河北定興人，輔仁大學哲學碩士，曾任教於臺灣大學、東海大學等，譯有《齊克果日記》、《流浪者之歌》、《湖濱散記》、《地下室手記》、《愛的藝術》、《西洋哲學思想史》、《異鄉人》、《人性枷鎖》、《如果麥子不死》、《美麗新世界》、《珍・古德自傳》等重要西洋文哲作品，並著有散文集《濱海茅屋札記》、《愛生哲學》、《素面相見》等。

悅讀好望角

〈鹽寮的野百合〉一文雖僅八百字，卻提出了一個當代倍受矚目的議題：環境正義、資源永續。

作者孟東籬撰寫本文的動機，是因他長年居住花蓮鹽寮，不時目睹當地居民和觀光客大量摘取月眉山百合——「漸漸的，野百合終於少了」！孟東籬認爲，善良的鹽寮居民可能並未意識到大量摘取百合會造成環境的破壞，但畢竟因擔憂未來鹽寮「遍山野百合」美景不再，於是在指出這個危機的同時，他除一方面提醒「大自然的恩賜」經不起人毫無節制地揮霍外，另方面也揭示了一個「資源永續」的美麗願景，那便是——祝福臺灣一個叫鹽寮的地方，盛放的百合花永遠滿山滿谷！因此，在珍愛自然、資源永續的意識外，本文其實還暗寓了環境平等權的觀念，意即在大眾有意識的努力下，讓每個人（包括後代子孫）都能共享美好的環境資源——這便是所謂的環境正義。

其實不僅野百合，也不僅鹽寮，所有自然資源應如何避免濫取濫用？是這世代所有人都應認眞思考、面對的課題。全文如暮鼓晨鐘，啓人省思，而所提耶穌典故尤爲作品增添人文氣息與深度，現且將這段出自《新約》〈馬太福音〉第六章二八、二九節的有名段落引述如下，供讀者參考：

「看看野地裡的百合花怎麼生長吧！它們也不勞苦，也不紡線，然而我告訴你們，即使所羅門那樣的榮華顯赫，他所穿戴的衣服，也比不上這野百合的美麗！」

我已長大了

◎李家同

這不是我的爸爸，他是殺我爸爸的凶手，子報父仇，殺人者死。我跳了起來，只要我輕輕一推，爸爸就會粉身碎骨地跌到懸崖下面去……

我的爸爸是任何人都會引以爲榮的人。

他是位名律師，精通國際法，客戶全是大公司，因此收入相當好，可是他卻常常替弱勢團體服務，替他們提供免費的服務。不僅如此，他每週都有一天會去勵德補習班去替那些青少年受刑人補習功課，每次高中放榜的時候，他都會很緊張地注意有些受刑人是否榜上有名。

我是獨子，當然是三千寵愛在一身，爸爸沒有慣壞我，可是他給我的實在太多了。我們家很寬敞，也布置得極爲優雅。爸爸的書房是清一色的深色家具、深色的書架、深色的橡木牆壁、大型的深色書桌、書桌上造型古雅的檯燈，爸爸每天晚上都要在他書桌上處理一些公事，我小時常乘機進去玩。爸爸有時也會解釋給我聽他處理某些案件的邏輯。他的思路永遠如此合乎邏輯，以至我從小就學會了他的那一套思維方式，也難怪每次我發言時常常會思路很清晰，老師們當然一直都喜歡我。

爸爸的書房裡放滿了書，一半是法律的，另一半是文學的，爸爸鼓勵我看那些經典名著。因爲他常出國，我很小就去外國看過世界著名的博物館。我隱隱約約地感到爸爸要使我成爲一位非常有教養的人，在爸爸這種刻意的安排下，再笨的孩子也會有教養的。

我在唸小學的時候，有一天在操場上摔得頭破血流。老師打電話告訴我爸爸。爸爸來了，他的黑色大轎車直接開進操場，爸爸和他的司機走下來抱我，我這才注意到司機也穿了黑色的西裝，我得意得不得了，有這麼一位爸爸，眞是幸福的事。

我現在是大學生了，一個月才會和爸媽度一個週末。前幾天放春假，爸爸叫我去墾丁，在那裡我家有一棟別墅。

爸爸邀我沿著海邊散步，太陽快下山了，爸爸在一個懸崖旁邊坐下休息。他忽然提到最近被槍決的劉煥榮，爸爸說他非常反對死刑，死刑犯雖然從前曾做過壞事，可是他後來已是手無寸鐵的人，而且有些死刑犯後來完全改過遷善，被槍決的人，往往是個好人。

我提起社會公義的問題，爸爸沒有和我辯論，只說社會該講公義，更該講寬恕。他說，「我們都有希望別人寬恕我們的可能」。

我想起爸爸也曾做過法官，就順口問他有沒有判過任何人死刑。

爸爸說：「我判過一次死刑，犯人是一位年輕的原住民，沒有什麼常識，他在臺北打工的時候，身分證被老闆娘扣住了，其實這是不合法的，任何人不得扣留其他人的身分證。他簡直變成了老闆娘的奴工，在盛怒之下，打死了老闆娘。我是主審法官，將他判了死刑。」

「事後，這位犯人在監獄裡信了教，從各種跡象來看，他已是個好人，因此我四處去替他求情，希望他能得到特赦，免於死刑，可是沒有成功。」

「他被判刑以後，太太替他生了個活潑可愛的兒子，我在監獄探訪他的時候，看到了這個初生嬰兒的照片，想到他將成為孤兒，也使我傷感不已，由於他已成為另一個好人，我對我判了死刑痛悔不已。」

「他臨刑之前，我收到一封信。」

爸爸從口袋中，拿出一張已經變黃的信紙，一言不發地遞給我。

信是這樣寫的：

法官大人：

謝謝你替我做的種種努力，看來我快走了，可是我會永遠感謝你的。

我有一個不情之請，請你照顧我的兒子，使他脫離無知和貧窮的環境，讓他從小就接受良好的教育，求求你幫助他成為一個有教養的人，再也不能讓他像我這樣，糊裡糊塗地浪費了一生。

○○○敬上

我對這個孩子大爲好奇，「爸爸，你怎麼樣照顧他的？」

爸爸說：「我收養了他。」

一瞬間，世界全變了。這不是我的爸爸，他是殺我爸爸的凶手，子報父仇，殺人者死。我跳了起來，只要我輕輕一推，爸爸就會粉身碎骨地跌到懸崖下面去。

可是我的親生父親已經寬恕了判他死刑的人，坐在這裡的，是個好人，他對他自己判人死刑的事情始終耿耿於懷，我的親生父親悔改以後，仍被處決，是社會的錯。我沒有權利再犯這種錯誤。

如果我的親生父親在場，他會希望我怎麼辦？

我蹲了下來，輕輕地對爸爸說：「爸爸，天快黑了，我們回去吧！媽媽在等我們。」

爸爸站了起來，我看到他眼旁的淚水，「兒子，謝謝你，沒有想到你這麼快就原諒了我。」

我發現我的眼光也因淚水而有點模糊，可是我的話卻非常清晰，「爸爸，我是你的兒子，謝謝你將我養大成人。」

海邊這時正好颳起了墾丁常有的落山風，爸爸忽然顯得有些虛弱，我扶著他，在落日的餘暉下，向遠處的燈光，頂著大風走回去，荒野裡只有我們父子二人。

我以我死去的生父爲榮，他心胸寬大到可以寬恕判他死刑的人。

我以我的爸爸爲榮，他對判人死刑，一直感到良心不安，他已盡了他的責任，將我養大成人，甚至對我可能結束他的生命，都有了準備。

而我呢？我自己覺得我又高大、又強壯，我已長大了。只有成熟的人，才會寬恕別人，才能享受到寬恕以後而來的平安，小孩子是不會懂這些的。

我的親生父親，你可以安息了。你的兒子已經長大成人，我今天所做的事，一定是你所喜歡的。

——選自《讓高牆倒下吧》，聯經出版社

作者簡介

李家同（1939～　），上海市人，臺大電機學士、美國加州柏克萊大學電機博士，歷任清華大學代校長，靜宜大學、暨南大學校長，暨南大學通訊工程研究所教授等。著有《讓高牆倒下吧》、《陌生人》、《幕永不落下》、《第21頁》、《李伯伯最愛的40本書》等。

悅讀好望角

李家同〈我已長大了〉一文，透過充滿戲劇張力和情感衝突的故事，探討了當今人類社會一個非常敏感且極富爭議性的課題——廢除死刑。

在這個故事中，一個從小接受良好教育且充滿幸福感的大學生，因發現生父是遭槍決的死刑犯，而判決生父死刑的法官，竟是多年來扶養自己長大成人的養父時，巨大的情緒衝擊雖令他湧生報仇之念，但想到生父已寬恕了判他死刑的人，「悔改以後仍被處決，是社會的錯」，他不應再犯這種錯誤，於是決定放下仇恨，選擇寬恕，因而內心充滿了寧靜與超越往昔恩怨的成熟感。

全文基於人道思考，強調寬恕，反對報復主義，主張予改過遷善者以重生的機會，因此在所謂罪與罰、法律判決與社會正義的思辨論述中，結晶出一個耐人尋思的觀點——「社會該講公義，更該講寬恕」。

在《讓高牆倒下吧》一書序文中，李家同曾說他希望世人存寬恕之心，不要置人於死地，這便是他寫〈我已長大了〉一文的原因，他認爲「一個成熟的人，一定能寬恕別人。社會也是如此，也許有一天，我們的社會能成熟到廢止死刑的地步」。至於死刑是否應予廢除？此制度之存廢與公平正義間的平衡點究應如何拿捏？正考驗人類的智慧。爭議猶存之際，且讓我們先經由閱讀這超越仇恨報復、以愛達成寬恕救贖的故事，理性思考這課題吧！

勸架

◎吳　晟

母親不管弟弟的叫喊，一面勸著他們，一面推著他們：回去！回去！沒有什麼大事情，不應該衝動……

黃昏時分，和剛從外地回來的弟弟，坐在後院閒談。我家圍牆外邊，店仔頭前面馬路上，傳來兩個少年仔的爭吵聲。在鄉村，這樣的爭吵是常有的現象，想他們吵夠了，終也會不了了之散去吧！

但他們的爭吵，不但越大聲、越激烈，竟至眞的動起手來，推來推去。從田裡回來，在店仔頭休息的村人，有些在談論著什麼，興致似乎很高昂，有幾個走出來，站在旁邊，口頭上勸著他們：少年人火氣不要太大，吵一吵就算了，不要展氣魄，眞的動起拳頭……

這兩個爭吵的少年人，根本不把這些勸告當一回事，推了幾下後，激起了火氣，一個從路邊撿起一塊合手的石頭，另一個也順手拿起一支木棍，勸架的人們紛紛退進店仔頭。

這時母親正從田裡回來，趕忙放下農具，快步走過去，把他們推開，並站在他們中間，溫和地訓斥他們：囝仔郎不可以衝動黑白來，打傷了要怎樣，枉費父母辛辛苦苦養到這樣大漢……

弟弟看見母親的舉措，著急起來，隔著圍牆喊叫母親回來。母親不管弟弟的叫喊，一面勸著他們，一面推著他們：回去！回去！沒有什麼大事情，不應該衝動……

這兩個少年仔，都是母親的孫侄輩，在母親的推勸下，終於悻悻然地各自走開了。

母親一回到家裡，弟弟就開始抱怨：您何必多管閒事呢，他們愛打就讓他們打好了。

母親不高興地說：你怎樣可以這樣講？他們也不是什麼壞心肝的人，只是欠教育，容易欠考慮而已，我出面勸一勸他們，他們不是就散了嗎？

弟弟爭辯說：可是他們拿武器啊！萬一勸不聽，反而被他們打傷了，不是討哀嗎？

母親正色道：就因爲他們拿東西，更要制止。難道眼看著他們打得流血流滴，也不管嗎？我老人家，他們多少要聽幾分，不敢對我怎樣，他們只是欠教育，容易衝動而已，不是什麼壞心肝的人。

弟弟還是很不以爲然：您不知道時代變得怎麼樣了？您以爲還是像以前的舊社會，大家講道義？像在都市，眼看隔壁被偷，眼看旁邊的人被搶，根本少有人敢去報警，更不要說出面了，至於凶殺、機車失事等嚴重的事件，誰也不願惹麻煩……

弟弟還在滔滔大論，母親截斷他的話說：你不要講得這樣可怕，我也不是不知道，這個社會已經變遷很多，但是人活著，總是要有良心，人沒有良心還叫做人嗎？

聽著舊社會的母親，和新時代的弟弟一番爭論，我竟不知從何插嘴表示意見。我知道，母親仍將和往昔一樣，遇到有人爭吵、打架，必定會不顧危險，挺身而出，好意地勸解，遇到誰有困難，必定不會袖手旁觀，我也知道，這種舊社會的規範，已逐漸被新興的觀念所取代。可是，我不知道，這就是繁榮必然的代價嗎？

——選自《農婦》，洪範書店

作者簡介

吳晟（1944～　），本名吳勝雄，彰化溪州人，屏東農專（今國立屏東科技大學）畢業，曾任教溪州國中、靜宜大學中文系，寫作之餘亦從事農耕，有「田埂上的詩人」之稱。曾獲中國現代詩獎、吳三連文學獎等，著有詩集《飄搖裡》、《泥土》、《吾鄉印象》、《向孩子說》，散文集《農婦》、《店仔頭》、《不如相忘》、《筆記濁水溪》等。

悅讀好望角

吳晟〈勸架〉一文，從兩位農村少年在激烈口角後拿起石頭、木棍，氣氛變得火爆，眼看即將動粗開打寫起。吳晟撰寫此文重點，不在兩位年輕人的爭執，而在周遭人對這事的反應。由於文章標題是「勸架」，因此在作品裡，我們遂看見了兩種思維與作風不同的勸架者——一是在店仔頭休息的村人，一是作者的母親。雖然村人在少年仔衝突時也曾出面力勸，但當事態變嚴重後，卻都「紛紛退進店仔頭」內，深恐遭池魚之殃；唯獨作者母親挺身而出，不僅快步上前將兩位年輕氣盛的火爆小子拉開，更不顧作者弟弟勸阻她勿「多管閒事」，堅持以緩衝者與和事佬姿態出現，規勸他們不可「衝動黑白來」，終說動兩位好勇鬥狠的年輕人離去，平息了一場一觸即發的流血事件。

在吳晟筆下，我們所見不只是一位樸素率直的農婦典型，更看見了一個使命必達、充滿正義感的勇者形象。「人活著，總是要有良心」是這位極簡風格的農婦堅持的信念，也是她一以貫之的處世哲學。只是，透過文章中段一場母子論辯與文末的喟嘆，吳晟卻也語帶感傷地點出了城鄉差距、新舊有異、今昔不同，在個人主義盛行的現代，世上多的是不講道義、明哲保身之人！於是慨嘆之餘，此文所述這擇善固執，義之所在雖千萬人吾往矣的勸架者，其身影風範遂格外鮮明突出，令人感佩了。全文不假雕飾，如實還原事件現場，吳晟寫來鮮活自然，多處語彙如「店仔頭」、「少年仔」、「展氣魄」、「黑白來」、「辛苦養到這樣大漢」、「你怎樣可以這樣講？」等均饒富臺語風味，讀者不妨細加體會。

孤木

◎喻麗清

這個人，一臉鬍髮，跟一株從未修剪的野樹一樣，瘦高、孤獨、自然，又像獵人又像守護神。他跟自然打成一片，使你覺得他在森林中出現的時候，簡直像個幽靈……

加州大概沒有人不知道「幽思美地」（Yosemite）國家公園——這個譯名和「太皓湖」（Lake Tahoe）一樣譯得美，是我在柏克萊中國同學會的刊物上看到的。

提起幽思美地，非得感謝一個人不可。要不是他，幽思美地不會成爲國家公園，而將淪爲木材商濫伐生財之地。這個人就是美國國家公園之父：John Muir。

那天，我們去他生前所住過並經營的果園參觀。應該說是憑弔，可是他到底不是中國人，憑什麼弔什麼的感情全無，我們只有參加觀光的興致而已。

在那裡我們看了一部有關他生平的影片。這個人，一臉鬍髮，跟一株從未修剪的野樹一樣，瘦高、孤獨、自然，又像獵人又像守護神。他跟自然打成一片，使你覺得他在森林中出現的時候，簡直像個幽靈，他的肉身不過是爲了要做那些山那些樹那些花鹿野鼠那些山風雲露的代言人才存在著。

他寫得一手優美的「山林散章」，他對林木山河充滿了感情。他說「原野」（Wildness）是一種必需的東西，是生命的源泉，森林不光長著實用的木頭，那兒有「大自然的安詳」，像陽光流進樹身一樣流進你的心底。那兒的輕風要把你吹得清新並帶給你電閃雷擊似的活力，世俗的紛念雜欲全在林中秋葉一般自然地紛紛墜落……

我想，他挺有說服力的。他的說服力不是因文字語言而來，是他渾身那一股孤木一樣的悲憫精神。他的書房滿地是書，他靠稿費和種果樹的錢（他那極有錢的太太自然功不可沒）做遊說保護森林的經費。他獨力奮鬥，沒有人聽他，那些受管制的商人覺得留著一塊野地不用簡直是浪費。

他的朋友形容他晚年的時候：「誰見了他站在窗前遠眺青山古木那悲傷的

神情，都會說但願『反對成立保留林地』那個法案等他死後再通過。」

幸虧羅斯福總統後來跟他一起到「幽思美地」走了一遭，回去以後馬上下令劃出好大一塊地，作爲供人「療治精神傷痛以及獲取精神活泉」的國家公園，並且不僅僅限於加州，而是福澤全國。

他那憂鬱的長鬍子，瞎了一隻的藍眼睛，終於化成了大自然裡靜美的幽魂，這裡那裡地飛翔著，要給我們這些累了倦了的文明人帶路。山上水中林木幽深處，他是那株叫我們說不出有多感動有多感謝的孤木。

——選自《依然茉莉香》，爾雅出版社

作者簡介

喻麗清（1945～　），浙江杭州人，臺北醫學大學藥學系畢業，現旅居美國。曾任職加州大學脊椎動物學博物館，並擔任海外華文女作家協會會長。曾獲中國文藝協會文藝獎章、金鼎獎等。著有散文集《春天的意思》、《無情不似多情苦》、《蝴蝶樹》、《把花戴在頭上》，小說《喻麗清極短篇》，並編有《兒歌百首》、《情詩一百》等。

悅讀好望角

喻麗清〈孤木〉一文，以感性、詩意的筆調，簡述「國家公園之父」約翰繆爾（1838～1914），傾其一生獨力奮鬥，以宗教家般的熱情，獻身山林自然保護，終於感動、說服羅斯福總統，在美國加州成立了世界第一座國家公園——幽思美地——的故事。這故事後續還有更重要且可喜的發展，那便是不僅全美各州，甚至全球各地，都因約翰繆爾自然哲學的啓發，深感生態景觀、山林原野、河流溪谷珍惜保護的必要，而相繼設立了國家公園；可以說約翰繆爾「爲文明人帶路」、如先知般的睿智遠見，對世界影響深遠且鉅！

喻麗清以「孤木」意象形容約翰繆爾，固指其「和自然打成一片」、「跟一株從未修剪的野樹一樣，瘦高、孤獨、自然」的生活樣態與形貌，另方面則尤暗示其一生獨排眾議、堅毅不屈，如「孤木一樣的悲憫精神」；這股悲憫不屈的精神，如以歷史的後見之明來看，不僅守護保育了地球生態自然，更落實了環境正義，讓後代子孫在每一個受保護的國家公園裡，都能公平地安享壯闊美麗的大自然、與荒野對話，一如約翰繆爾當年那樣！而若無國家公園的存在，試想——在當前人類高度開發、濫用資源的情況下，原野山川、自然生態將面臨如何悲慘的浩劫？於是，不只是在提起幽思美地時我們得感謝約翰繆爾，只要提起國家公園，世人都應深深感謝他！

孤木

只因牠特別忠厚

◎余秋雨

不管是農業文明還是畜牧文明，人類都無法離開牛的勞苦，牛的陪伴，牛的侍候。牛累了多少年，直到最後還被人吃掉，這大概是世間最不公平的事。

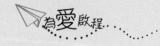

西班牙到處都是鬥牛場，有的氣勢雄偉，有的古樸陳舊。我知道到了西班牙不看鬥牛是一種遺憾，便幾次隨車隊去鬥牛場，結果都大門緊閉，一片冷清，怎麼按電鈴也沒有反應，只能看場外那些著名鬥牛士的雕塑。後來終於在一個場子門口問到一位工作人員，他說鬥牛期剛剛過去。

我心中暗自慶幸，因爲找到了不看的理由。

當然知道許多傑出的藝術作品取材於鬥牛，有些我深深佩服的作家如海明威，對鬥牛還深有研究；當然也知道這種生死遊戲有一種原始美感，這種血腥舞蹈最能表現男性的風姿，但無論如何，我不喜歡鬥牛。

萬千動物中，牛從來不與人爲敵，還勤勤懇懇地提供了最澈底的服務。在烈日炎炎的田疇中，揮汗如雨的農夫最怕正視耕牛的眼神，無限的委屈在那裡忽閃成無限的馴服。不管是農業文明還是畜牧文明，人類都無法離開牛的勞苦，牛的陪伴，牛的侍候。牛累了多少年，直到最後還被人吃掉，這大概是世間最不公平的事。記得兒時在鄉間看殺牛，牛被綑綁後默默地流出大滴的眼淚，而這流淚的大眼睛我們平日又早就熟悉，於是一群孩子大喊大叫，挺身去阻攔殺牛人的手。當然最終被阻攔的不是殺牛人而是孩子，來阻攔的大人並不叱罵，也都在輕輕搖頭。

長大了知道世間本有太多的殘酷事，集中再多的善良也管不完人類自己，一時還輪不到牛。然而即便心腸已經變得那麼硬也無法面對鬥牛，因爲它分明把人類平日眼開眼閉的忘恩負義，演變成了血淋淋的享受。

從驅使多年到一朝割食，便是眼開眼閉的忘恩負義，這且罷了，卻又偏偏去激怒牠、刺痛牠、煽惑牠，極力營造殺死牠的藉口。一切惡性場面都是誰設計、誰布置、誰安排的？牛知道什麼，卻要把生死搏鬥的起因推到牠頭上，至少僞裝成兩邊都有責任，似乎是瘋狂的牛角逼得鬥牛士不得不下手。

人的智力高，牛又不會申辯，在這種先天的不公平中即使產生了英雄也不會是人。只能是牛。但是人卻殺害了牠還冒充英雄，世間英雄眞該爲此而提袖遮羞。

再退一步，殺就殺了吧，卻又聚集起那麼多人起哄，用陣陣呼喊來掩蓋血腥陰謀。

有人辯解，說這是一種剝除了道義邏輯的生命力比賽，不該苛求。

要比賽生命力爲什麼不去找更雄健的獅子老虎？專門與牛過不去，只因牠特別忠厚。

——選自《行者無疆》，時報出版公司

作者簡介

余秋雨（1946～　），浙江餘姚人，知名文化史論學者與作家，曾任上海戲劇學院院長，現任澳門科技大學人文藝術學院院長。著有學術論著《中國戲劇文化史述》、《藝術創造工程》，散文集《文化苦旅》、《山居筆記》、《霜冷長河》、《千年一嘆》、《行者無疆》、《借我一生》等。曾獲魯迅文學獎、聯合報讀書人最佳書獎、金石堂最有影響力書獎等，為當代華人世界最具影響力的學者和作家之一。

悅讀好望角

本文爲余秋雨旅遊西班牙期間，以西班牙國粹和民俗文化——鬥牛——爲主題所寫的一帖小品。

因適逢鬥牛季結束，其實余秋雨並未親睹此人牛生死搏鬥的殺戮過程，但他一方面根據常識想像——所謂鬥牛，無非是「忘恩負義」的人類，在「先天的不公平中」所設計布置的血腥娛樂；另方面，則結合其童年歲月在鄉間與牛相親、共處的溫馨體驗加以聯想，於是未曾看過鬥牛的余秋雨，不僅寫下了獨具一格的鬥牛場外的沉思，且尤「暗自慶幸」找到了一個可以不看這殘酷廝殺的絕佳理由。

全文基於人類良心，從人道觀點、悲憫意識出發，並基於實際農村經驗，以充滿感情的語調指出，牛是「從來不與人爲敵，還勤勤懇懇提供了最澈底服務」的一種動物。但這善良、愛好和平的動物，被人「驅使多年」的終局，卻是「一朝割食」的下場。至於鬥牛，更是人殺害了牛，「還冒充英雄」，「用陣陣呼喊來掩蓋血腥陰謀」的野蠻行徑！雖有人辯稱這是展現原始美感、男性風姿的「生命力比賽」，但余秋雨質問：「要比賽生命力爲什麼不去找更雄健的獅子老虎？專門與牛過不去？」其結論——只因牠特別忠厚！——不僅站在公平角度與牛的立場發聲，流露出無比同情、理解與哀傷，更揭穿了人的假面，就鬥牛之合理性與正當性提出高分貝質疑，可謂一語道破鬥牛場上暴力與英雄主義的迷思。

據云西班牙全境約四百多個鬥牛場，每年舉行近千場鬥牛賽，約六萬頭公牛被屠，這種把人類娛樂建築在其他生靈痛苦上的競技表演，已引起廣泛爭議。爲此，西班牙第二大城巴塞隆納已立法禁止鬥牛，其他城市相繼跟進，影響所及，西班牙部分電視臺也已停止轉播鬥牛節目……。於是，就在有心者鼓吹動物解放、動物保護思潮風起雲湧的時代氛圍中，細讀余秋雨〈只因牠特別忠厚〉，掩卷深思，實不免覺得此文既是充滿人道關懷的憫牛小品，更是無比雄辯的反鬥牛論。

得理饒人

◎蔣勳

「父為子隱，子為父隱」，對那時的我來說，無異是一種徇私，以個人的私情來混亂眾人的利益，這是法所不容的。

《論語》〈子路篇〉有一段記載：

一個叫葉公的人，有一天跟孔子說：「我們鄉裡有一個正直的人，他的父親偷了別人的羊，他都出來告發。」孔子聽了就回答他說：「在我們鄉裡這不叫正直。我們是父親隱瞞孩子的過錯，孩子隱瞞父親的過錯，人自然正直了。」

（「父為子隱，子為父隱，直在其中矣。」）

我高中時初次讀到這個故事，心裡很納悶。偷別人的羊，這是干犯法律，既是干犯法律，那麼追究責任，誰犯了錯，應該受懲罰，清清楚楚，有什麼可討論的呢？

少年的想法，大概總是比較直截了當的，這裡面有法律的嚴整不苟，相信世界的秩序單靠著一些確定的公式，就可以百世不移地維持著，這些公式又如機械一般精確，沒有絲毫轉圜的餘地。

「父為子隱，子為父隱」，對那時的我來說，無異是一種徇私，以個人的私情來混亂眾人的利益，這是法所不容的。

但是，經歷更多一點事情，我逐漸了解到孔子在嚴正不苟的法律之外，堅持著「人情」的意義。

葉公關心的是「事」，孔子關心的是「人」。法律關心的是物的平等公正，道德關心的是人的健全完美。執法如山的法家，簡單地把世界規劃出一些公式，什麼是對，什麼是錯，錯了必須接受處罰，看起來理所當然，而事實上，事事訴諸刑法的話，受審判的人、受懲罰的人、審判別人的人、懲罰別人的人，已經一齊在一個不健全的世界中了。

中國法家的典型之一是商鞅，他的變法使秦國富強，但是，他的嚴正不苟，只能使秦國稱霸，卻不能使秦國治天下。司馬遷在《史記》中批評他是「天資刻薄之人」，「刻薄」雖然如利刃一般，可以削平六國，但是，也正如老子所說的「尖銳的部分，不可長保」，所以秦國一亡，接著起來的漢代，在高祖、惠帝、文帝、景帝數代之間，一直強調「黃老治術」，原是爲了以道家的「無爲」來平衡法家的極端。

孔子不像道家那樣任其自然，他相信法律的作用，但是他要在法律之外堅持著道德的力量，在法律之外，給人類留一個餘地，使人類的社會不盡是法律的嚴苛，不盡是人的規矩，也同時是人的通達。

「得理不饒人」對中國人來說不是一句好話，「得理」雖然是對的，但是，

「不饒人」卻不好，最理想的辦法還是「得理饒人」吧！

——選自《萍水相逢》，爾雅出版社

作者簡介

蔣勳（1947～　），福建長樂人，文化大學藝術研究所畢業，負笈法國巴黎大學藝術研究所，曾任《雄獅美術》月刊主編、東海大學美術系主任，現任聯合文學社長，曾獲吳魯芹文學獎、金鐘獎、金鼎獎等。著有藝術論述《美的沉思》、《齊白石》、《天地有大美》、《肉身供養》，散文集《萍水相逢》、《歡喜讚嘆》、《此時眾生》，詩集《少年中國》、《多情應笑我》，小說《欲愛書：寫給Ly's M》等。

悅讀好望角

蔣勳〈得理饒人〉一文，探討《論語》中耐人尋思的一段話：「父爲子隱，子爲父隱，直在其中矣。」這話產生的背景是楚國大夫葉公認爲——父親偷羊犯法，兒子告發父親是正直的行爲；但孔子基於此舉違背親情與人性，難表贊同並提出「隱」的主張；蔣勳則以其人生經驗與長久以來對此語的思考體悟，認爲所謂「隱」並非縱容、包庇或「徇私」，而是在法律外留人餘地，給犯錯者機會，故儒家堅持「人情」與「道德的力量」，實比標榜法理至上更能達到規勸感化的效果。

這便令人不免想起法國小說家雨果在其長篇鉅著《悲慘世界》中，那仁慈的主教拯救主角尚萬強靈魂的故事了。在雨果筆下，坐牢十九年後出獄的尚萬強倍受歧視，於走頭無路時主教收容了他，但尚萬強竟偷走主教的銀盤；當警察以竊盜罪逮捕尚萬強時，主教卻說銀盤是他所贈，不僅開脫其罪責，更說尚萬強匆匆離去，忘了帶走銀燭臺，當下且立即以銀燭臺相贈！主教如此之「隱」，給了尚萬強重生的機會，令他感動莫名，終決定洗心革面，尋求誠實向上的生活，後來當了市長……。雨果《悲慘世界》中這關鍵性的情節，可說正是「隱」的故事化。

據說西方法律規定親屬間不能相互作證，並非擔心串通案情，而是不希望親情受到傷害，畢竟，若倫理親情崩潰，人間溫暖消失，即使法治再清明、賞罰再分明也毫無意義；而中國大陸文革十年，父子、夫妻、朋友、師生相互告發，所在多有，如今已認定那樣的時代，人性扭曲，良知泯滅，是一場歷史的浩劫！故蔣勳此文引申「父爲子隱，子爲父隱」內在意涵，強調社會不能沒有法律，但法律不能眞正解決問題，必需在公平正義的法治基礎上，以溫暖引導人性，才是一個健全的世界。全文指出法理不可忽視，但「饒人」更爲重要！而以「得理饒人」解讀孔子「隱」的哲學，不僅一語道中其精義所在，更具現了孔子溫暖通達的智慧。

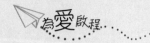

父親的瞭望——

寫給二二八事件五十週年

◎陳芳明

他低語著，半是告訴自己，半是對我說話：能夠說出來就好了。他站在那裡，迎風而立，看來有點像是一座傾斜的雕像……

我攙扶著父親，一步一步走向石階。還在十年前，父親並不需要任何協助，依舊能保持他中年時期的健步速度。糖尿病與併發症，先後襲擊了他日益衰弱的身軀。莫名病魔的無情與糾纏，終於把形象完整的父親折磨得遍體挫傷。幾年下來，他已在醫院進出無數次。他陷入沉默的時候居多，常常沉溺在虛無的唸佛聲中。我曾經在他嚴厲父權的影像之下長大；健碩的體魄，洪亮的聲音，是他留在我記憶底層的深刻烙印。從來沒有想過，有一天他會變得如此空茫而無助。

今天的陽光特別明淨，父親突然說想到山上走走，順便看看座落在高雄壽山的二二八紀念碑碑文。他知道，那是出自我的手筆。不過，他並不知道，我對這個悲劇事件究竟有怎樣的理解。在記憶裡，我想不起有過與他討論歷史的時刻。年輕時，我對他的感情保持得很疏離；畏的成分遠多於敬，因此，交談的機會並不多。經過十餘年在海外的浪跡，我帶給父親不少政治上的困擾，也因此使彼此的了解顯得更爲隔閡。自從他漸漸不良於行之後，才開始找到我們之間的一些共同話題。他與我交談很廣泛，偶爾對我涉入政治運動的經驗感到好奇。偶爾也會回憶戰後初期的舊事。體力已減退的父親，記憶力反而越來越好。與他談話，我常常不期然隨著他的聲音進入陳舊並且已消逝的時光裡。

從石階仰望，可以看見白色紀念碑反射著耀眼的光芒。南臺灣的豔陽，使人感覺不出這是二月的寒天。父親吃力抬著腳步，喃喃自語，好像在埋怨什麼；我聽不清楚，大約是在說：怎麼還那麼遙遠？終於到達碑前時，他做了一個深呼吸。父親的影子，從腳前延伸到石碑之上。涼風微微吹動他稀疏的白髮，我想起了自己寫過的詩句：

如今輪到我把故事傳述給孩子
仍錯覺地以為隔街有槍決在進行
環顧四周，陽光如洗
我看見蒼老的父親坐在後院
彷彿是衰弱的歷史蹲踞在那裡

轟轟烈烈的悲慘事件，經過時間的過濾，終於凝結成一塊冰冷潔白的石碑；輝煌璀璨的一生，經過歷史的淘洗，也終於完成父親傾斜的站姿。碑前的父親，是以怎樣的心情來看待他的時代？他是那樣專注辨讀碑石上鏤刻的每一個文字。姿勢有些前傾的父親，在神情上其實還流露一絲盛年時期殘留下來的傲氣。定定站在那裡，不容旁人打擾。閱讀之間，偶爾傳來若有若無的喟嘆。他細微的聲音，不知是在逐字默唸，或是在訴說什麼，好像傳自久遠時代的一個地方，我想靠近他，卻又不想讓他的思考有了騷動。想必是沉入了他的歷史世界。

從前他就習慣自我囚禁在歷史的情境裡，向來不曾主動提起有過怎樣的遭遇。後來他發現我在蒐集二二八事件的史料時，似乎有些訝異。他曾經把這個事件視爲最敏感的禁忌，每當與母親或朋友談論這事時，總是壓低音量，深怕我與弟兄偷窺了他們的祕密。他與他的世代，嘗試使用各種方式遺忘或擦拭那一段不愉快的記憶。但是，自我壓抑與自我封鎖的結果，記憶終於濃縮成發不出聲音的傷口。他與朋友的夜談，面面相覷，最後都會得到一個「這時代不屬於我們」的結論。

他可能不知道，我與他的世代並沒有距離那麼遙遠。即使他未曾提起這個事件，我也會在追尋知識的過程裡發現。如果說我會對戰後臺灣史產生極大興趣，那應該不是來自父親的啓蒙，而是由於我親自聽到受難者家屬的故事。父親讓我在一九四七年出生，就已經命定我必須與這個悲劇一起成長。我豈能活在他的歷史之外？

讀完碑文，父親不說一句話。他鄭重選擇了一張較爲乾淨的石椅坐下；不，他是在挑選一個適合瞭望城市的位置。我陪他坐下，四周矮小的樹叢也一起蹲坐著。已經很久沒有與父親坐得這樣靠近；上次兩個人並排坐著，應該是在初中時代的事了吧。從側面窺看他的表情，我不免有情緒的暗潮湧動。他應該會有許多話要告訴我的。父親是那種善於隱藏情感的典型臺灣男人，哀喜往往不易形於色。當他保持沉默，我就知道他又鎖進自己的世界。

無語的寧靜，總是勝過千言萬語。山下的陽光，恣意投射在港灣裡的海水。波光粼粼，隨著渡輪捲起的浪花，而更加撩亂刺目。我也曾經坐在芝加哥的一幢高樓，俯望密西根湖的水光。春暖花開的藍，染透了整個廣漠的湖面。從來沒有看過那樣大的湖，毫無邊際，令人失去依靠。旅行到芝加哥，並不是爲了探訪湖水，而是尋找戰後的臺灣史資料。父親一定不曾知道，我游走到美國中西部的大城，只不過是要回望他的歷史。離開了故鄉，卻沒有離開他的世代。如果那個事件沒有發生，我會流亡到地球的另一端嗎？如果不是爲了尋找史實眞相，我會不斷背著行囊在異域的城市之間擺盪嗎？

從東岸哈佛大學的燕京圖書館，經過密西根大學的東亞圖書館，一直到日本京都大學的收藏，都可以在地圖上留下鮮明的跡線，記錄我在中年以前的浮游旅程。從書架抽取下來的書籍，往往就是在臺灣引爲傳說的文字記載。裝幀朽舊的封面，便是歷史的門扉。要不要揭開，要不要窺探，常常是我心情的疑惑。一扇門一扇門的打開，總是把我帶進奇異又驚駭的年代。那就是父親走過的歷史，到處充滿絕望的峭壁與傾塌的吊橋。父親的影子，貼緊山壁，以審愼而恐懼的腳步緩緩前進，唯恐落入深淵。死亡之谷的呼喚，生命之河的吶喊，交織在一九四七年的天空。合上書籍，就是關閉歷史的巨門。幽幽的圖書館，沉寂的一排排書架，形成了一座迷宮。即使以倉皇的心情逃出夢魘，我總是找不到出口。在海外陌生城市的一個微光窗口，我不能不感嘆父親世代之所以陷入無聲境地的原因。

沉默是一株毒藤，在父親的體內蔓延生長。二二八事件是他詭祕的記憶，從危險的歷史走出之後，就再也沒有回望。我可以理解他的鬱悶，但不能理解爲何他不能自我鬆綁。父親靜靜望著港內的輪船，遠天的白雲亂捲，使港外的水平線看來更爲渺茫。視力已經減退的父親，再也不能勝任專注的凝望。他微微移動身軀，轉而俯覽近處的市區街道。明亮豔陽下的城市，飄浮著一種難以言喻的虛矯。誇張的招牌，配著不協調的色彩；使得大樓看來被壓得很沉重，而街道也變得出奇的窄小。

高雄是父親的故鄉，也是他發跡的城市。這裡有過他的理想與抱負，也有過他的挫折與幻滅。現在四顧他的江山，想必有他複雜的思考。

「那時候，我也被逮捕過。」安靜的父親突然開口，以穩定的語氣。他第一次談到自己的事件經驗，聲音彷彿很遙遠。「持槍的士兵，沒有任何通知，就闖門而入。他們先搶走我的手錶，然後就在室內翻箱倒櫃。」微風吹亂他稀疏的白髮，但是他說的每句話卻不凌亂。我從來不知道有這樣的事情發生，從來不知道他的記憶是如此不堪回首。

他說，那時整個城市很亂，已經不記得是事件的第幾天了。士兵押走了他，在母親的哭泣聲中。父親被帶往火車站前的廣場，到達時，已經有很多男人跪在那裡。是跪著，不是蹲著。父親特別強調。他也被勒令跪下來，好像是一名等待定罪的嫌疑犯。

後來呢？

母親四處奔走，請託了高雄仕紳交涉，最後是里長簽寫了保證書，才得到釋放。高雄車站前還有人跪在那裡，是不是都平安離去，父親已經不敢追問。他也不清楚爲什麼必須被押走，只知道自己的生命是以一隻手錶換取的。從此，他開始過著沒有抵抗、沒有批判的生活。如果要在他的年代找到抵抗與批判，那就是沉默的方式吧。

父親回頭看我，有點在期待我回應的意味。我不能不想起在海外圖書館尋找歷史資料的心情。報紙、書籍裡凍結的記憶，在我翻閱的剎那，不也就在等待回應嗎？塵封的史料，從未奢望能夠獲得釋放。在異鄉的暗室，也許就永遠與時光相偕寂滅。不會再受到干擾，沉埋於人間的遺忘。但是，能夠遺忘嗎？倘然那傷口仍隱隱作痛，咬嚙生命的每一個角落，那傷痛只會更爲劇烈。父親終於能夠讓潛伏將近半世紀的語言發出聲音，終於有足夠勇氣正視自己穿越過的死亡之谷，不也是一種自我解脫嗎？

「你研究二二八事件，不會有問題嗎？」父親以些微不安的語氣問我。他所謂的問題，大概是指權力的干涉。不會的，我說，事件已經成爲公開的紀念，而且也建立了石碑，變成了全民共同的記憶。「以天地爲心，以山河爲鑑」，我在紀念碑裡這樣寫著，我的世代一定是以這樣的態度回顧歷史，也以同樣的心情迎接新的世紀。我向父親解釋，錯誤的歷史最害怕重演，而重演的原因往往是由於失去記憶。

父親走到石階旁邊的扶欄，瞭望他的土地。他低語著，半是告訴自己，半是對我說話：能夠說出來就好了。他站在那裡，迎風而立，看來有點像是一座傾斜的雕像。父親的世代與我的命運，毋寧是綑綁在一起的。我若能得到解脫，他也應該可以釋放吧。使用陰鬱、影射語言的時代，已經使父子兩代感到疲憊不堪。我困頓於猜想、推敲他內心的世界，我總是以疏離的感情看待他的生命；如果有任何隔閡存在他我之間，一切不都是歷史遺留下來的？

他瞇著眼睛，望向旗津那邊。空氣白茫茫一片，也許是來自大園工業區的汙染，父親看不見什麼的吧。不過，迷霧的背後就是大海，海的那邊就是無垠的水平線，他無需辨識得太清楚。汽笛的聲音，自港內升起；生命之河的吶喊，也一併升起。父親繼續瞭望。

——選自《夢的終點》，聯合文學出版社

作者簡介

陳芳明（1947～　），高雄市人，臺灣大學歷史所碩士。曾任靜宜大學、暨南國際大學中文系副教授、政大臺文所所長，現為政大中文系教授。著有散文集《風中蘆葦》、《夢的終點》、《時間長巷》、《掌中地圖》，評論集《鞭傷之島》、《典範的追求》、《星遲夜讀》，學術論著《左翼臺灣：殖民地文學運動史論》、《臺灣新文學史》，傳記《謝雪紅評傳》等多種，並編有《余光中六十年詩選》、《余光中跨世紀散文選》等。

悅讀好望角

發生於一九四七年的二二八事件是一個歷史悲劇，就在這年出生的陳芳明，因聽過許多受難者故事，又因曾經歷這事件的父親視此事爲敏感的禁忌，從不提這段遭遇，企圖以沉默或遺忘去擦拭這傷痛記憶，但陳芳明認爲「錯誤的歷史最害怕重演，而重演的原因往往是由於失去記憶」，於是留美期間，爲尋找史實眞相，他曾分別至哈佛大學、密西根大學和日本京都大學圖書館蒐集二二八事件史料，希望打開「歷史的巨門」，還受難者以公平正義，並讓父親和所有受難家屬不再自我封鎖壓抑，可以「卸盡痛苦枷鎖，祛除內心冤屈鬱結」，獲致精神鬆綁。

全文在此情感背景下，敘述陳芳明陪不良於行的父親至高雄壽山公園，瞭望父親所深愛的這個城市，並至園內二二八紀念碑前閱讀他所撰碑文之情事。

就在那陽光明淨的二月早晨，從來不去碰觸這記憶傷口的父親，由於訴說了他曾被逮捕的經歷，換言之，以勇氣正視了這不堪回首的往事，終得到心靈解放；同時，「在嚴厲父權影像下長大」、與父親感情疏離的陳芳明，也因突破歷史隔閡，與父親在精神上「以愛擁抱彼此」，父子兩人亦終獲致眞正的了解與情感上的親密！全文結合大我與小我、親情與政治、歷史與現實，錯綜交織；至於「以天地爲心，以山河爲鑑」去回顧歷史、迎接新世紀的遼闊胸襟，則尤振聾發聵，發人深省，是一篇器度恢宏、擲地有聲的感人之作。現將出自陳芳明手筆的〈高雄市二二八紀念碑文〉，和文中提及他所寫的詩引錄於下，供讀者參考。

〈高雄市二二八和平紀念碑文〉

第二次世界大戰結束，日本投降，國民政府於民國三十四年（一九四五年）十月接收臺灣。首任臺灣省行政長官陳儀，未深入了解民意，致與地方誤會日深，衝突事件屢生，終於民國三十六年（一九四七年）二月釀成二二八事件之巨禍，全臺自北至南傷亡頗多。本市參加人員、仕紳為謀求解決之道，合組事件處理委員會，於三月六日推派代表六人赴壽山向高雄要塞司令部（司令彭孟緝）請願，唯變生不測，六位請願代表先後遇難於壽山軍事基地，事態擴大，高雄市政府、高雄火車站均有死傷，誠屬不幸。民族創傷，亟待療癒。為紀念事件中罹難生靈，高雄市民合力建碑於此；以天地為心，以山河為鑑，願子子孫孫記取歷史教訓，莫讓悲劇重演。凡事件受難者及其家屬友朋，皆能卸盡痛苦枷鎖，祛除內心冤屈鬱結，為各族群之和諧祝禱，更為全人類之共存共榮祈願，以化解猜忌，以愛擁抱彼此，使公義長存吾鄉吾土，永享萬世和平。

〈父親・一九四七〉

一九四七年的海島／以沉沉的回聲迎接我的出世／後來父親回憶說／那不是春雷／是出殯行列的輓歌

我無知於人間的殘酷／在母親的褥血未乾之際／又聞到更濃烈的血腥／苦澀憭慄的陰影／牢牢籠罩了嬰孩的一生

烏雲覆蓋我的土地／鄉人結隊走向田野／他們並非播種而去／肩上的鋤頭／為的是埋葬他們的家屬

春耕還未開始／墓草已遍植滿地／父親以悸動的聲音說／啊！歉收的
一九四七／已提早有了死亡的豐收
南國的枯樹／撐住我初識的天空／交錯的枝枒是悼亡的手勢／空空握著半個
世紀的期待／也釋出一片茫然的未來
沙泥俱下是歷史的岸壁／激流淹沒了父親的夢／沖走的，更是他無懼的豪情
／漫漫四十年後／痛楚仍清晰如一排午夜槍聲
遊蕩在身不由己的江湖／從彼岸到此岸／與許多呼痛的靈魂擦身而過／多麼
熟悉又多麼疏遠／那豈不是父親年少時的背影
如今輪到我把故事傳述給孩子／仍錯覺地以為隔街有槍決在進行／環顧四周，
陽光如洗／我看見蒼老的父親坐在後院／彷彿是衰弱的歷史蹲踞在那裡

蚩尤與我

◎高大鵬

孔子拒絕拜灶神，耶穌拒絕拜撒旦，視不義富貴如雲煙、棄萬國榮華如塵沙，我輩讀聖賢書，究竟所學何事？如此一想，不免天人交戰起來！私情與公義孰當為先？天理與人欲誰該得勝？

黃帝對蚩尤的那場大戰，眞是很古遠的故事了！然而當年震動於涿鹿之野的鼓聲，卻時常迴響在我耳根深處……

傳說中蚩尤是銅頭鐵額、獸身人語，顯然和史芬克獅是同類的怪物。牠能呼風喚雨、興雲布霧，同樣是考驗人類的剋星。黃帝雖生而靈異、長而聰明，生時且有電光繞北斗之異兆，但為了收拾蚩尤，硬是打了七十多仗，艱苦遠過伊迪帕斯！尤其是最後的涿鹿一戰——是役也，蚩尤大施迷霧，一時天昏地暗、日月無光，眼看莽莽神州就要陸沉！幸而黃帝發明了指南車和夔牛鼓，一震五百里的鼓聲提振了軍心，堅定不移的指南車指出了方向。一場鏖戰後，黃帝戰勝了蚩尤，人征服了獸，文克服了野，華夏文明放出了曙光，猶如閃閃的電光繞射過北斗而橫掃過夜幕！

這遠古的故事何以時常攪動著我的心呢？原來人心常常陷入戰場中，時時落在迷霧裡！我們和蚩尤、史芬克獅是時常要面對面地相遭遇、相對抗的！這兩年大學裡要人，競爭者自是紛紛若雲，其中不乏銅頭鐵額、呼風喚雨之輩。戰況之慘烈，無遜於涿鹿。我不是黃帝，沒有鼓也沒有指南車，但卻頗有良師益友，如九天玄女一般，賜下「兵信神符」，勸我不妨按圖索驥、拜拜碼頭燒燒香，或許因此而得「道」多助！不幸的是，我們相信中國文化的人也相信應該「行不由徑」。我們相信《聖經》眞理的人，更不敢繞過十字架而蛇行！孔子拒絕拜灶神，耶穌拒絕拜撒旦，視不義富貴如雲煙、棄萬國榮華如塵沙，我輩讀聖賢書，究竟所學何事？如此一想，不免天人交戰起來！私情與公義孰當爲先？天理與人欲誰該得勝？驟然間狂風大作，迷霧四起，我彷彿聽見蚩尤的笑聲從遠古直盪到耳邊——原來這個銅頭鐵額、獸身人語的怪物並沒有死，涿鹿之戰並沒有結束……

其實「營私」並非大奸，「關說」也非大惡，世人不都這樣嗎？尤其在私情重於公義的中國社會，何妨隨俗！這麼一想，蚩尤的笑聲更響亮了！這笑聲使人不安。但笑聲之外，我也聽見隆隆的鼓聲，彷彿黃帝的夔牛之鼓……這鼓聲似乎在問：比賽前去拉攏裁判是對的嗎？今天你去請託，他幫了你，明天他會爲一個不合適的人向你關說，你若拒絕是不仁，你若幫他是不義，你若敷衍是不誠，這三條路哪一條能見孔子？哪一條能見基督？哪一條能讓你站在講臺上，面對莘莘學子大言不慚地傳講「出汙泥而不染」的〈愛蓮說〉？「三徑就荒，松菊猶存」的〈歸去來〉？我們究竟是要爲人師表，還是要爲人師「婊」？……

這一陣激越的鼓聲驚醒了我，猝然間彷彿看見指南車裂天而降，儼然是青龍白虎、仙人指路！不論天荒地變，祂的手指恆定不移！這是天路、也是人路，此外盡是死路，爲了怕失去這一悟，我特別買了一把刻有「安若磐石」四個金字的「龍泉寶劍」，每當決心動搖時便拔劍自誓：若不堅守這條正路，三尺龍泉就是我的歸宿！

今夏，我果然未能擠入心愛的學府，也許永遠都回不去了！但託天之幸，我在沒人看見的「涿鹿」之野贏了蚩尤一仗，看見了旁人沒看見的電光北斗。電光閃閃中我看見八個大字：「炎黃子孫」、「基督信徒」，俯仰之間，居然還能不太慚愧，眞是令我自己都感到意外！

——選自《散文的創造》（上），瘂弦編，聯經出版社

作者簡介

高大鵬（1949～　），祖籍山東，臺灣大學中文學士及碩士，政治大學中國文學博士。曾任《聯合文學》總編輯，歷任政治大學、臺北商業技術學院、東吳大學等校教授。曾獲《中國時報》文學獎、中山文藝獎、國家文藝獎等。著有詩集《獨樂園》，散文集《追尋》、《移山集》、《知風草》、《永遠的媽媽山》和學術論著多種。

悅讀好望角

高大鵬〈蚩尤與我〉一文，標題令人好奇，因爲蚩尤是遠古傳說中危害人間的怪獸，黃帝曾與他鏖戰七十多回，終在涿鹿將他征服；這「銅頭鐵額、獸身人語」的怪物，怎會和作者產生關聯呢？原來，在作者心中，蚩尤象徵外在世界嚴峻的挑戰、考驗，而面對考驗時，道德良知的提醒與我們內心的衝突掙扎，則一如當年黃帝率領的正義之師「震動於涿鹿之野的鼓聲」。

於是，在這篇描述公平正義與人情私慾交戰的作品裡，我們所見，便是身爲大學教師的作者，自述其盼望「能擠入心愛學府」任教，並在激烈競爭中，躊躇猶豫著是否應進行「關說」的故事。但因作者深受「中國文化」薰陶、信奉「《聖經》眞理」，希望不負「炎黃子孫」、「基督信徒」之名，故在認眞思考後，終決定「堅守正路」，不走「營私」或「燒香拜碼頭」的旁門小徑。這是作者生命中一場輝煌光榮、大勝蚩尤的「涿鹿之戰」，其俯仰無愧、光明磊落的輕鬆愉悅，固溢於言表，而掩卷之際，文中所言「我們和蚩尤是時常要面對面相遭遇、相對抗的！」，「涿鹿之戰並沒有結束……」，於我們實也心有戚戚焉。

全文多處用典，指南車是一般常識，自不待言；夔牛鼓，據古籍記載，爲古代最厲害的兵器，是黃帝伐蚩尤時，西王母派九天玄女助陣，以夔牛皮所製之鼓，因蚩尤被夔牛鼓震得頭痛欲裂，一敗塗地，黃帝乃凱旋而歸。至於史芬克獅（Sphinx）則源自埃及神話，爲人面獅身怪物。希臘神話更進一步鋪敘——史芬克獅曾坐在路口攔住過往行人，強迫他們猜一謎語：「什麼動物早晨用四條腿走路，中午用兩條腿走路，晚上用三條腿走路？」猜不中者便一口吃掉，爲人間禍患。後伊迪帕斯經過，說出謎底是「人」，並將史芬克獅殺死，爲民除害，故本文中乃有黃帝「爲了收拾蚩尤，硬是打了七十多仗，艱苦遠過伊迪帕斯！」句。

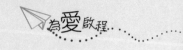

像這樣的學生

◎廖玉蕙

同居的女子說E已遷離，E像人間蒸發一般地失去蹤跡。我本來以為E君只是犯了新新人類漫不經心的毛病，這時才驚覺事情並不單純……

就像一般到校園去評審文學獎一樣，T大的E君以電話來邀約時，我查看了記事簿，確定時間許可後，便應允了。E君俐落地將評審方式及評審費說明過後，請求我再想法幫她邀約一位評審委員。於是，幾經折衝後，W、L與我三位評審大致底定。

一切程序，大體與其他校園文學獎評審無大差別。E君以極爲殷勤的電話和我們聯繫著，決審的前一日，還沒忘記做最後的提醒。決審那日，我依約前往，發現偌大的文學獎，竟然只有E君一個人獨撐大局。她前前後後地忙碌著，一會兒在黑板上寫上文學獎徵文決審字樣；一會兒打電話催送蛋糕、點心；一會兒又安排茶水；不時還跑出大樓的門口迎接評審老師。等到所有老師到齊，初次入圍名單揭曉，她一邊發給老師評審單，一邊還負責將入圍篇名寫到黑板上，簡直忙得不可開交。高大的身影，前前後後轉動，特別讓人感受她處事的麻利。老師們都覺得訝異！類似的活動，在其他學校至少都應該動員十幾、二十個人來幫忙的，T大竟然只由E君一個人負責！E君的回答輕描淡寫：

「這星期正值期中考，同學們都準備考試去了，無法前來幫忙，我只好自己來囉。」

爲何選擇考試週來進行評審？雖然腦袋裡飛快閃過這樣的疑惑，但也沒細加追究。前來聆聽評審過程的學生只有少數幾人，所有評審教授也都理所當然認定是考試週的關係。雖則如此，基於職責，三位評審老師仍舊賣力演出，相互激烈辯詰、遊說，跟有著上千觀眾的陣仗毫無二致。一如以往的經驗，得獎名單終於在每位評審都不甚滿意卻也還可以接受的狀況下揭曉。滿頭大汗的評審被送出大樓前，E君跟我們致歉道：

「學校經費尚未核撥下來，等過幾天經費下來後，我會盡快郵寄給你們。」

我心裡其實有幾分疑惑，既然要用郵寄，何以並沒有要我們留下郵寄地址或存摺號碼？不過，另外兩位老師顯然並無異辭，我一向相信自己並不比別人聰明，也就沒提出問題。不過三人走出大樓之際，都不敢相信號稱臺灣第一學府的文學獎竟辦得如此草率！

在忙碌的工作席捲下，我完全淡忘了沒有拿到的評審費，直到再次遇見了我邀約來的L君評審，才又猛然想起，那時，距離評審日已約莫一個多月了。我覺得作爲一位介紹人，有義務將事情弄明白，不能讓朋友做白工還在其次，重要的是學生不重然諾應該被詬病。我隨即聯絡同任評審的W教授。W教授出國在即，不慌不忙地說：

「不用擔心，我跟T大的教授都熟，若學生存心騙人，插翅難飛。此事等回國後，我再來處理。」

我等不及，即刻以電話聯繫。Ｅ君言辭閃爍，一再推託，接著，大哥大開始沒人接聽，終致乾脆停機。我鍥而不捨，電話直追至Ｅ君的租屋處，同居的女子說Ｅ已遷離，Ｅ像人間蒸發一般地失去蹤跡。我本來以爲Ｅ君只是犯了新新人類漫不經心的毛病，這時才驚覺事情並不單純。然而，我有恃無恐，除非她爲了區區幾萬元的評審費退學，否則，不難掌握行蹤。

我一狀告到我所認識的Ｔ大學務長那兒，以爲學務長應當可以幫忙想點兒法子。學務長似乎一些也不驚訝，對我的處境雖然深表同情，卻只輕描淡寫地說：

「現在的學生就是這樣，我也沒有辦法！這個文學獎屬於文學院辦的活動，你應該去找文學院院長處理。」

我驚訝得嘴巴都闔不攏了！早聽說Ｔ大學風開放，沒料到竟開放到這樣的程度！我以爲這關係到學生的品行及學校的榮譽，應該是學務處的重點工作哪！顯然他們要應付的問題比這還要嚴重得多。我快快然放下電話，如果連學務長都不管，我很難想像文學院院長會有什麼行動。然而，一定不能就這樣善罷甘休！如果E君在此事上輕易得了甜頭，怎能指望她出社會後能安分守己、不貪不取！我決定自力救濟、自行緝凶。

我再次打電話去E君的原住處，跟她的室友套出E君的新電話，然後，以不同的電話撥去，E君不明究竟，接了電話後，有些吃驚，期期艾艾的，仍舊假裝經費尚未發下，我警告她：

「雖然，評審費不多，但我幫你找了L老師評審，最後變成烏龍一場，評審費憑空消失，叫我如何向L老師交代？何況，你年紀輕輕，怎能就爲了這一點錢鋌而走險！我如果就此不聞不問，不就枉費身爲人師了！如果你再不把應給的費用寄出，我是絕對不會原諒你，一定會追根究柢的，你千萬不要心存僥倖。」

E君吶吶地解釋著，卻說不出個所以然來。電話掛下前，我將我的地址及所知道的L的地址告訴她，並苦口婆心勸告她：

「你一定要記得把評審費寄出哦！不只是散文組的三位老師，如果還有其他組別，也請一起處理。你的人生還很長，千萬別因爲一時的貪心，迷失了方向。我一再的找你，並不只是爲了區區的評審費，我是不忍看見一位像你這麼優秀又能幹的人只因走錯了一步棋，而致全盤皆輸的局面。」

幾天之後，L和我都陸續接到了E君郵寄來的匯票，我以爲E君終究被我道德勸說成功了，總算及時回頭，我慶幸做了一件正確的事。

幾個月後，我遇到了同時評審的W教授，他竟然跟我恨聲說：

「沒料到我們這樣的教授竟然栽倒在一個小女生的手上！評審費竟然眞的要不到了！現在的學生眞是……」

我悵然若有所失！原來E君並不眞正悔悟，她只是害怕我的警告，爲了息事寧人而放棄L和我的這份評審費，我沒有膽量再去打聽小說、新詩組的評審老師是否也和W有著同樣的遭遇，我第一次深刻感受到臺灣教育的危機。以E君這樣聰明伶俐、學業成績優秀的學生，在校園裡竟已腐化、墮落到如此的地步，我們的教育到底出了什麼問題？

又幾日之後，我心血來潮，進入T大的BBS站。赫然發現同學們在站上怒指主辦單位遲遲不發放獎金！原來不只評審費，竟連獎金一併侵吞了！E君堪稱膽大包天了！她一人獨攬所有工作，選擇考試當週評審，盡量減少參與者，以便上下其手，這樣的行爲豈只是臨時起意，根本就是預謀不軌、計畫周詳的犯案！想到這兒，靜坐電腦前的我，不禁倒抽了一口冷氣，越想越覺得無限悲哀。

——選自《像我這樣的老師》，九歌出版社

作者簡介

廖玉蕙（1950～　），臺中潭子人，東吳大學中國文學博士。曾任教世新大學、國立臺北教育大學、國立臺灣海洋大學等，教授古典小說、戲劇、現代小說、散文創作等課程。曾獲中山文藝獎、吳魯芹散文獎、中興文藝獎章等。著有散文集《不信溫柔喚不回》、《嫵媚》、《如果記憶像風》、《沒大沒小》、《像我這樣的老師》、《對荒謬微笑》、《在碧綠的夏色裡》，小說《淡藍氣泡》等及學術論著多種。

悅讀好望角

廖玉蕙〈像這樣的學生〉一文以「悲哀」二字作結，身爲讀者的我們，讀畢全篇，對於「號稱臺灣第一學府」的大學內，竟有這樣不可思議的烏龍，不，詐欺事件發生，瞠目結舌、難以置信之餘，也實同感悲哀。

此文敘述廖玉蕙與某大學教授W，應邀擔任T大文學獎評審，廖玉蕙並應聯絡同學E君之請，代邀了另一位評審L共襄盛舉。三位經驗豐富且認眞負責的教授，對此校園文學獎原都不疑有他，但因在評審現場與事後互動過程中，不但出現諸多疑點與蹊蹺，最後，甚至連評審費也「憑空消失」了！由於廖玉蕙決定將事情來龍去脈弄清楚，且認爲學生「不重然諾」、「心存僥倖」、「鋌而走險」茲事體大，乃鍥而不捨多次與E君電話聯繫，道德勸說與嚴詞警告雙管齊下，E君始寄出廖玉蕙與L的評審費，但其他教授所應得的評審酬勞，乃至文學獎得獎同學的獎金，卻終還是被這膽大無比、隻手遮天的學生侵吞了。

全文藉一樁匪夷所思的校園文學獎事件，和一位腐化墮落、無可救藥的學生，思索「我們的教育到底出了什麼問題？」另方面則暗示了在公平正義受傷的時刻，姑息、冷處理、不聞不問的態度適足以養奸，唯有「自力救濟」，與絕不善罷甘休、堅持討回公道、據理力爭的做法，才能讓撒旦無所遁形、小人陰謀難以得逞。全文生動寫實，筆調沉痛，而在悲哀驚異之餘，身爲讀者，我們也由衷希望，「像這樣的學生」在校園裡不會出現第二個。

貧和貪

◎汪恆祥

那張鈔票在空中飛揚，落到地上，又隨風飄浮，飄到街角乞丐的位置，此時，說也奇怪，風忽然停止，那張鈔票竟停留在乞丐的膝前……

紐約有許多無家可歸的流浪漢，爲了三餐，淪爲乞丐。

近來，大概是覺得中國人較有善心，常見到有幾位衣衫襤褸的白種人，默默地長跪在中國城的街頭，胸前掛著一塊牌子，用中文寫著他是一個無家無業無錢的人，期待大家的施捨。

由於每天在曼哈頓都會見到許多行乞的人，紐約客縱有愛心，久而久之，也變得無力去一一察看，哪一位是眞的窘迫到需要濟助。

一個冬日的下午，我經過路邊一個在寒風中瑟縮發抖、默默長跪的乞丐，走到離他幾步路遙的報攤，要購買一份雜誌。

我拿了我要的雜誌，掏出五張一元鈔票，交到店主的手上。就在這一刹那，猛地刮起一陣冷風，店主的手發抖，冗地一鬆，其中一張一元鈔票即離手飛揚而去。

我倆的眼睛齊瞪著那張鈔票在空中飛揚，落到地上，又隨風飄浮，飄到街角乞丐的位置，此時，說也奇怪，風忽然停止，那張鈔票竟停留在乞丐的膝前……

這時，店主呀地一聲，說：

「糟了！這下子肯定拿不回來了……」

我的腦裡，一片空白，什麼念頭也沒有，只是朝著乞丐望著……

突然，乞丐拿起了膝前的鈔票，跟著起身，一步一步向我們走近。

他一言不發，伸出汗垢的手，將那張鈔票交還給我。腦裡迴響著剛才店主的話，我誠敬地將鈔票又塞回乞丐的手中；他的手遲疑地停頓在半空中，我輕聲地說：

「這是你的，這是神的意思。」

他囁嚅地說聲謝謝，拿著這一塊錢，又蹣跚地走回原地，跪在街頭。

望著店主訝異的眼神，我從口袋裡掏出另一張一元鈔票，補給店主。

「他是個好人！」店主緊握著失而復得的錢，說：「你也是個好人！」

我笑了笑，冬日微弱的陽光，照在我身上，也照在乞丐的身上。

「貧」和「貪」，這兩個字看起來很像，意義卻大大不同。

——選自《自在的人生》，水雲齋出版社

作者簡介

汪恆祥（1950～　），臺北三芝人，曾就讀文化大學法律系、倫敦大學、美國賓州狄金生法學院，於紐約擔任執業律師多年後返臺。著有散文集《自在的人生》、《一生一次》、《不必問的靈魂》、《向前走，My Way》等。

悅讀好望角

這是一個令人低徊的故事，背景爲紐約中國城一處人來人往的路邊。作者敘述某冬日下午，他走過一名「在寒風中瑟縮發抖，默默長跪」的乞丐，到附近書報攤買雜誌時，驀地刮起的一陣冷風，竟將他交給店主的一張一元紙幣，吹到了乞丐膝前。就一般常理判斷或我們對人性的了解，接下來發生的事，無庸置疑，必是乞丐見獵心喜，立刻撿起這幸運紙鈔，視爲天上掉下來的禮物！也難怪店主當即認定紙鈔是絕對拿不回來了。但令人意外的是，乞丐不但毫不遲疑站起身來將鈔票物歸原主，且是在作者執意相贈、說「這是神的意思」後，才囁嚅道謝收下了那一塊錢！目睹一切的店主訝異之餘，遂忍不住要說作者和乞丐都是好人了——作者是好人是因爲他的誠懇慈悲，乞丐是好人則因爲即使他亟需金錢，卻並未見利忘義，貪圖不屬於自己的財物，即令區區一元紙幣！

於是，在紐約曼哈頓這平凡街角發生的戲劇性意外，便格外令人感嘆且印象深刻了。因爲這故事不僅推翻了我們對乞丐的刻板印象，文中這行乞者還以其高潔人格啓發了我們——所謂「一介不取」、「義利之辨」、「勿以善小而不爲」的具體行爲是什麼？在作者筆下，以及在我們深受感動的心裡，他不是一個卑微乞丐，而是一個有尊嚴且充滿人性光輝的人！

捍衛戰士一號

◎陳幸蕙

讀國中的麻糬一直在旁邊聽著，沒有加入談話，但這時卻想起什麼似的，忽然插進來問哥：「如果你們老師不嚴，你會不會作弊？」

開學第一天，麻糬放學回家正準備上網，在××中學讀高二的哥哥，一進門把書包一扔，就哀聲嘆氣大嚷，他們班上的好日子已經過完了！

正在廚房切西瓜的爸爸問爲什麼？

哥哥一屁股坐進沙發，頹喪地說：

「這學期我們班換了新導師，亂凶悍一把的！才第一天上課就跟我們約法三章，定了好多嚴刑峻法！還說他最恨作弊！如果有誰膽敢挑戰他這個禁忌，那，小考記小過，大考記大過，二話不說，絕不留情！……一堂課下來，我們班銳氣都被他殺得差不多了！」

爸爸聽了很滿意地表示：

「這種老師才好啊！」

「可是作弊抓到就記過?!」

哥有點不服氣：

「連小考也記？嚴得實在有夠變態吔！」

「嚴才好啊！」

爸還是那句話，哥忍不住做出一種受不了的表情。

這時，爸遞給哥一片西瓜，忽然有點風馬牛不相及地對哥說：

「我問你，如果有病毒跑進人體，不把它殺死會怎樣？」

「會生病！」

哥說，猛咬了一口西瓜，聽起來聲音水水的。

「就是嘛！」

爸顯然很高興終於和哥取得共識。然後爸解釋爲什麼他要提不相干的病毒。

因爲作弊的心態就是一種病毒！

爸說，一定要殺死它，不然任它蔓延開來，變本加厲，本來好端端一個人，就會走上欺騙、僥倖、不誠實、投機取巧的歪路！

「你希望這樣子嗎？」爸問。

哥順手把啃得紅肉一點不剩的西瓜皮拋進垃圾桶，不說話了，爸隨即接腔：

「所以你們老師才那麼鐵板，一點都不通融呀！」

然後，爸繼續分析給哥聽——

如果考試要靠作弊，那麼考試有什麼意義？讀書有什麼意義？再說學生時代就愛作弊，養成習慣，將來豈不更變本加厲？

「你們不是一天到晚都在罵那些營私舞弊的官員嗎？」

爸問：

「可是自己作弊怎麼就不說了呢？雙重標準哦！」

哥有點不好意思地笑了，站起來到廚房拿了一片西瓜。

讀國中的麻糬一直在旁邊聽著，沒有加入談話，但這時卻想起什麼似的，忽然插進來問哥：

「如果你們老師不嚴，你會不會作弊？」

還沒開口，爸就替哥回答了：

「放心！你哥很聰明！不會養病毒害自己啦！」

「可是如果全班作弊，你不作弊就零分，別人都滿分的話，怎麼辦？」

麻糬問：

「這不是很不公平嗎？」

在麻糬的想法裡，這種「身不由己」的情況，應該是可以「破例」的，不然不是太虧了嗎？

但爸不以爲然地告訴他：

「就因爲不公平，所以我們才不要加入這種不公平、助長這種不公平！拿滿分又怎樣？你也知道那是假的！可是人格卻得了零分，還讓病毒攻破防線開始蔓延，那才虧大呢！當然，如果眞有這種事情——」

看厤糬和哥都沉默不語，爸拍拍他們的肩，語氣和緩了下來：

「眞的很難啦！誰都會掙扎，可是不對的事就是不對，不能用任何藉口把它合理化！更何況做人眼光要看遠一點，這樣的一百分不值得我們出賣自己！所以聰明的人，一定會選擇當一個捍衛戰士，絕不讓病毒上身的！……」

那場談話，最後，是在他們笑稱哥的導師一定是「捍衛戰士一號」的情況下結束的。

那天晚上，臨睡前，麻糬到哥房裡又再問了一次，如果全班作弊，他會不會加入？

哥瞪了他一眼說：

「你很煩吔！」

自討沒趣地離開時，麻糬也覺得自己好像有點無聊。但走到房門口，背後卻忽然傳來哥的聲音：

「這還用問？當然是當捍衛戰士比較好呀！傻瓜！……」

黑暗中，麻糬忍不住笑了。

——選自《與玉山有約》，九歌出版社

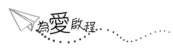

作者簡介

陳幸蕙（1953～　），出生於臺中縣清水鎮，祖籍湖北漢口，臺大中文碩士。曾任教北一女中、清華大學中語系等，並擔任臺北商業技術學院駐校作家。曾獲中山文藝獎、梁實秋文學獎、《中國時報》文學獎、當選十大傑出女青年。著有散文集《把愛還諸天地》、《與玉山有約》、《玫瑰密碼——陳幸蕙的微散文》，評論《悅讀余光中》系列，編撰《小詩森林》、《小詩星河》、《余光中幽默詩選》等。

悅讀好望角

陳幸蕙〈捍衛戰士一號〉一文，以輕鬆活潑方式探討校園內作弊課題。爲此，作者特別安排了讀國中的麻糬、讀高二的哥哥，和爸爸三人，在一場家常閒聊過程中，完整且細膩地呈現作品主題。

全文從新學期哥哥班上換了位「有夠變態」、令哥哥大嘆「好日子過完了」的新導師切入，父子三人在你來我往的對話中，先由睿智且辯才無礙的爸爸定義了作弊的心態是「一種病毒」，若作弊成習，無異任病毒蔓延，會讓人走上欺騙僥倖、投機取巧、變本加厲的歪路。在此，爸爸並且邀麻糬和哥哥一起思考——若考試要靠作弊，那麼，考試與讀書的意義何在？其後，極富說服力的爸爸又指出——部分年輕人以雙重標準指責營私舞弊的官員，卻容許自己作弊的迷思，並論及作弊與公平間的關係，且鄭重提醒麻糬和哥哥勿加入、勿助長人間不公平之事，即令作弊可拿滿分，但畢竟「那是假的」，又讓自己的人格因此得了零分，「這樣的一百分不值得我們出賣自己」！雖然，爸爸也同意滿分或考高分的誘惑常令人難以抗拒，但畢竟「不對的事就是不對，不能用任何藉口把它合理化」！……最後，這一場父子三人充分溝通、暢所欲言的輕鬆閒聊，便在圓滿達成共識，並暱稱或說戲稱哥哥的新導師是「捍衛戰士一號」的歡快氣氛中寫上句點。

全文重點在於一個有遠見、愛小孩的父親，引導並期許他的愛子在面對誘惑和錯誤價值觀時，要保持理智清醒，維護公平正義，選擇「當一個捍衛戰士」！那麼，讀畢此文，讓我們共勉，且自我祝福——不論在校園、現實生活或未來人生中，也都是秉持良知理性，於面對誘惑時能做出正確判斷、選擇的「捍衛戰士」吧！

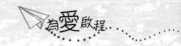

護生與放生

◎朱天衣

若以宗教的角度來看，如此以金錢換得的「放生」，真的稱得上是功德嗎？而因此造成生命的流逝，這報應又該如何計較呢？

近日在臺灣，因為佛教界的一些法師，頻頻帶領信眾從事所謂的「放生」活動，使「放生」議題倍受矚目。「放生」看似善行，但在對環境了解不夠、對生態認知不足、缺乏專業的審慎評估下，所謂的「放生」，不僅淪為「放死」，也對生態造成無可彌補的傷害。

當一個外來物種貿然進入自然環境時，首先便會因適應不良而大量死亡，倖存的則會擠壓到原生物種，間接造成另一波死亡，所以這究竟是「放生」還是「放死」，答案是很清楚的。即便所放生的是當地原生物種，但動輒十萬、二十萬的數量，侵入原已穩定的生態，一樣會造成環境巨變，一樣會使生態受到難以挽回的破壞。

「蝴蝶效應」在在提醒我們，一個微小因素對生態環境會造成什麼樣的影響，所謂牽一髮動全身，更何況是如此草率、如此大量、如此頻繁的放生活動，所以這眞的令人十分憂心，類此活動不停止，臺灣的生態環境將永無寧日。

而且，這些被用來放生的生物是從何而來的？若是人工養殖的，那麼牠們適應野生環境的能力肯定不足，這也會增加牠們的死亡率。若這些生物來自於野地，那麼牠們是怎麼變成籠中物的？一定是被人擒捕來的，因爲有「放生」的需要，所以就會有「捕捉」的供給，如此的「放生」豈不成了極其荒誕的事？更別提在捕獵及運送過程中，會造成多少生命枉死。

若以宗教的角度來看，如此以金錢換得的「放生」，眞的稱得上是功德嗎？而因此造成生命的流逝，這報應又該如何計較呢？慈濟的證嚴法師在《靜思語》中說得很清楚：「戒殺生，並以智慧護生、放生，才是眞正的尊重生命。」法師所說的智慧，不就是提醒我們該以整個環境生態爲考量，該以專業的角度去評估，莫讓原本的善因結出無法收拾的惡果。

在現今所有生靈的生存空間，已被壓縮到無以爲繼的時刻，要討論「尊重生命」這課題，「護生」才是根本之道，「放生」是需經專業人士審慎評估、縝密規劃的，而「護生」卻是人人可爲且當爲的。

人類的強勢不是用來壓迫其他生命的，地球也非人類所獨享，我們該以智慧去照護比我們弱勢的生物，善待我們身邊的一草一木，呵護各種不同形體的生命，尊重每一個生靈在自然生態中所扮演的角色，因爲所有生靈都有權利生存在這個星球上。

——選自《記憶如此奇妙》，麥田出版社

作者簡介

朱天衣（1960～　），生於臺北市，祖籍山東臨朐，臺北工專（今國立臺北科技大學）畢業，作家朱西甯之女，其姊朱天文、朱天心亦為知名作家。曾任教職，現為馬武督山林溪流保育協會理事長，致力動物保育與生態環境維護。著有小說集《舊愛》、《甜蜜夢幻》，散文集《三姊妹》、《朱西甯的文學家庭》、《我的山居動物同伴們》、《記憶如此奇妙》，教學著作《朱天衣的作文課》、《朱天衣說故事》等。

悅讀好望角

在傳統觀念裡，宗教界信眾發起的放生活動，向被視爲善行，因此臺灣從南到北，每年都有大小規模不一的放生活動進行。據臺灣動物研究學會調查，臺灣宗教團體每年至少放生七五〇次，數量高達兩億隻，放生金額更超過兩億，在我們所生活的這座島上——正如朱天衣此文所言——放生，已成爲非常大量且頻繁的活動，帶來的影響不可小覷。

因此，朱天衣乃以一枝理性之筆，在本文中，分別從環境生態、放生的技術面與道德面，以及，功德果報之迷思等多重面向切入，一方面指出草率而缺乏專業審慎評估的放生實爲「放死」——既造成被放生之生物因適應不良死亡，也往往衝擊當地原有生物，造成另一波死亡，嚴重破壞生態環境；另方面則質疑，被放生之生物若原就生活在野地，卻因「放生」的市場需要，而從原本安棲之地遭捕捉，經商業行為買賣，又再予以野放，「如此的『放生』豈不成了極其荒誕的事？」而如果放生之舉最終卻淪為大量死亡，善因結成惡果，則所謂慈悲何在？功德何在？因此作者引證嚴法師語，主張以「護生」代替「放生」，「尊重每一個生靈在自然生態中所扮演的角色」。

全文從尊重生命、環境正義的角度出發，質疑現代放生已失去悲憫意義，而變質為商業行為，並造成環境破壞、生態浩劫。文末所言「地球非人類所獨享」一語，尤將「護生」思維擴充延伸，直指所有生物共享地球的新大同遠景，令人動容。於是，不論從宗教、生態、人道主義或環境正義角度以觀，本文實都值得細讀深思。

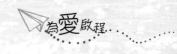

請說國語

◎侯文詠

每週的週會，鬼還會被校長捉上臺去，當場「表揚一番」。所以只要快到了週會，所有的鬼都變得十分著急，四處去尋找「替死鬼」……

為了推行說國語運動，這回我們校長可想出好點子，他用黃色壁報紙包裝厚紙板，硬紙板上寫著：請說國語。然後用一條尼龍繩穿過硬紙板，掛在脖子上。像條項鍊，項鍊下繫著一塊不太名譽的狗牌。狗牌是用來懲罰那些不肯說國語，使用方言交談的人。狗共有六面牌，每個年級各發一面。規則是這樣子的：凡是說方言的人，都必須戴上那狗牌，以示懲罰。這位身戴狗牌的人，同時必須兼任糾察，在他發現另一個說方言的人時，就可以把這塊不名譽的狗牌交出去了。

「一個國家一定要有統一的語言，彼此才能溝通。假如大家都說不同的方言，彼此不能互相溝通，大家不能團結在一起，這個國家就會變成一盤散沙，很快就會滅亡了。因此我們要拯救我們的國家，復興我們的民族，一切都要從說國語做起。」老師激動地表示。

老師說的固然沒錯，可是我也發現不少問題。好比我的祖母就不會說國語。我在家裡和祖母、爸爸、媽媽交談都是用閩南語。現在一會兒要說國語，一會兒要說閩南語，照這樣下去，很快神經就錯亂了。

同學們似乎覺得很有趣，像玩捉迷藏一樣。戴上狗牌的人成了「鬼」。鬼是人見人怕。不但如此，每週的週會，鬼還會被校長捉上臺去，當場「表揚一番」。所以只要快到了週會，所有的鬼都變得十分著急，四處去尋找「替死鬼」。每個人看到鬼不是四處走避，再不然就是當場變成了啞巴。有些時候，鬼為了急於將狗牌脫手，甚至還會將狗牌藏起來，掩藏鬼的身分。等到捕獲到獵物之後，再手舞足蹈地將這塊燙手的狗牌丟出去。

更糟糕的是，國語和方言的界線模糊不清。有一次，莊聰明變成了鬼，他故意問我：

「假如你說的明明是國語，卻被別人誤為方言，一直把狗牌推給你，你心裡作何感想？」

「很幹。」我表示。

「什麼？」莊聰明好奇地問。

「很幹，就是不爽，生氣的意思。」

「哦，你說方言被我抓到了。」莊聰明得意地表示。

「這不是方言。」

「這明明是方言，你還說不是。」莊聰明可高興了。

我們爭執得越來越厲害，最後只好去找老師來評理。老師聽了以後，皺皺眉頭，很不高興地問：

「你為什麼說出這麼粗魯的字眼？」

「這個字怎麼會粗魯呢？」

「明明是很粗俗。」

「那苦幹實幹？」我問老師。

「那不算數。」

「那重要幹部呢？」我又問。

「這……，這不一樣。」老師開始顯得有點煩躁不安了。

「那有何貴幹又怎麼說？」我再度追問。

「安靜！」這回老師真的冒火了，「叫你安靜你就安靜，一點尊師重道的精神都不懂？我說這個粗俗就是粗俗，難道我會騙你嗎？」

莊聰明滿意了，他把狗牌掛到我的脖子上，捧肚子在旁邊笑個半死。我生氣地對他做個鬼臉。這個忘恩負義的傢伙！

掛上這面狗牌，我感到非常難過。我莫名其妙地變成了一個鬼，人見人怕。我掛著狗牌在校園裡走來走去，和別人說話。可是每個人都用國語和我交談，沒有人說方言。我的難過並沒有持續很久，不久我就發現了當鬼的好處和樂趣：當鬼最大的快樂在於你不用擔心被鬼抓去，每個人都怕鬼。

「做個人人都害怕的鬼是多麼愉快的一件事啊！」我告訴自己。

我在校園裡走來走去，想像自己是森林裡的萬獸之王——獅子。所有的小動物在見到我之後都聞風喪膽，不但如此，我還可以享受任意說方言的特權。掛上狗牌就有權利說方言。你看，別人沒有，我有，我感到得意洋洋。

有件事讓我不能完全稱心如意。那就是同時有六個人和我享受一樣的權利。如果森林裡同時有六隻獅子走來走去，那獅子算是什麼萬獸之王呢？反正我已經有一張推銷不出去的狗牌了，再多要幾張也沒什麼害處。我告訴自己。

我好不容易找到另外一個和我掛著相同狗牌的同學，一見到他我就很興奮地問他：

「你要不要聽我唱歌？」

「聽你唱歌？」他的眉毛皺了起來。

「對，聽我唱歌。」我把雙手背到背後，正經八百地唱起歌來。

孤夜無伴守燈下，清風對面吹。

十七八歲未出嫁，想到少年家。

果然標緻面肉白，誰家人子弟。

想要問伊怕害羞，心內彈琵琶。

「啊！」他尖叫了起來，「你說方言。」

「不是，我不是說方言，我是唱方言歌。」我更正他。

「那你必須掛這塊狗牌。」他如釋重負地告訴我。

「謝謝。」我感激地接過那塊狗牌，「要不要我再唱一首歌報答你？」

「不用了！」他用一種很奇怪的眼神看我，好像見到神經病似的。

我又唱了許多臺語歌曲，包括：〈天黑黑〉、〈港都夜雨〉、〈青春嶺〉、〈桃花過渡〉。我身上掛滿了越來越多的狗牌，一排項鍊似地，簡直像個非洲酋長了！

很快的，週會到了！這個消息傳到校長的耳裡，校長簡直氣炸了。他把我叫到臺上去。

「語言是一個國家統一的要素，一個國家如果有許多方言，那麼各民族不能溝通，團結合作，這個國家民族還有什麼希望呢？」很奇怪校長和老師的說法都差不多，校長很生氣地看著我，「大家看這位同學身上掛滿了『請說國語』的牌子，是多麼的丟臉啊！聽說你還會唱臺語歌是不是？來啊！你唱啊！你現在就在這裡唱給全校的同學聽，你看看，如果每個人都像你這樣，那國家怎麼會強盛，我們的民族文化怎麼會復興呢？」

「孤夜無伴守燈下，清風對面吹……」我還傻傻地站在臺前唱歌，全校同學已經笑得東倒西歪。

「到旁邊罰站！」校長氣得滿臉通紅，情緒激動，久久不能平息。

直到聽到『頒獎』這兩個字，校長臉上才開始有一點笑容。

「頒中華民族復興論文獎。」司儀大聲地朗讀著。

「讓我們看看一些眞正的好學生。」校長從導護老師手中接過名單，「第一名，三年甲班……」

校長臉色開始一陣青紅，一陣白。慢慢他的嘴角開始顫抖，好像生病了似的。連我都有些替他擔心。他沉默了很久，像要下定什麼決心一樣。好久，終於丟下一句話：

「訓導主任，上來頒獎。」他頭也不回地走了。

等到訓導主任唸出我的名字時，全校響起了歡聲雷動的掌聲。

看著校長氣沖沖的背影，我已經開始有些後悔了。

「也許我不應該得獎的……」我默默地告訴自己。

——選自《淘氣故事集》，皇冠出版社

作者簡介

侯文詠（1962～　），嘉義人，臺大臨床醫學博士，曾任臺大醫院、萬芳醫院麻醉科主治醫師，並擔任臺北醫學大學醫學人文研究所副教授，現專事寫作。著有小說《白色巨塔》、《侯文詠短篇小說集》、《天作不合》，散文集《親愛的老婆》、《大醫院小醫師》、《我的天才夢》、《我就是忍不住笑了》，少兒文學作品《頑皮故事集》、《淘氣故事集》等。

悅讀好望角

與〈捍衛戰士一號〉（第158頁）一樣，侯文詠〈請說國語〉一文，也是以輕鬆活潑詼諧的筆調，敘述了一個以校園爲背景的故事。全文採第一人稱進行鋪敘，描述「我」所就讀的學校，因嚴肅古板、謹守政治正確原則的校長推行說國語運動，並規定以「掛狗牌」來懲罰不說國語、使用方言交談的學生。但因「我」在家裡和家人都用閩南語交談，方言無罪，如此校規不合情理，於是淘氣的「我」乃以出人意表的搞笑方式例如：在「幹」字上大作文章，並高唱臺語歌曲〈天黑黑〉、〈港都夜雨〉、〈青春嶺〉、〈桃花過渡〉等，讓自己身上掛滿狗牌，儼然校園裡的「非洲酋長」！而全文最戲劇性也最反諷處，尤在文末所述週會情節。當校長在臺上又以說方言有害國家團結、民族復興的老套，申斥掛滿狗牌的「我」時，「我」不但非常跳tone地唱起臺語經典老歌〈望春風〉，接著，更跌破眾人眼鏡地在「中華民族復興論文獎」揭曉的時刻，成爲得獎者！此一引起全校「歡聲雷動」的結果，可說澈底顚覆、推翻了「說方言有害國家團結、民族復興」的陳腐論調，也難怪面子掛不住的校長只能「頭也不回地走了」。

全文以幽默方式暗示——主流強勢文化壓抑、禁止非主流或弱勢文化的不當與不公平，啓人深思之餘，文中淘氣的「我」則以其滑稽突梯、類周星馳的喜劇風格，令人莞爾，甚至拍案叫絕！不過校園內禁說方言爲早年戒嚴時期往事，令人欣慰的是，如今，全臺各校均廣設鄉土教學與方言課程，故此文所述荒謬、不合情理之各節，已成校園內永不復現的歷史了。

我跟高爾夫有仇

◎褚士瑩

我又不是黃金獵犬！打籃球的人打完球不收的嗎？有人會把擲完的鉛球就留在田徑場裡面嗎？顯然高爾夫球愛好者，就像我想像中那樣……

不知道是因爲大學時代體育每次選高爾夫球課都槓龜，以至於懷恨在心，還是因爲家裡這輩裡已經出了一個以職業高爾夫球爲生的青年才俊，讓我潛意識要標榜產品獨特性，舉凡跟高球有關的事情，從對於高爾夫球、打高爾夫球的人、高爾夫球場、球桿、或是雨傘牌的襯衫，都有說不盡的討厭。

同學會上，如果有人開始說打高爾夫球的事，我就會偷偷換到離他們最遙遠的角落，好像怕被什麼髒東西沾到似的。

很多人以爲我住在波士頓的海邊，一定很詩情畫意，實情是這樣的：三不五時，我在家門口退潮的海邊，別人都是高高興興拿著鏟子去挖蚌殼，我卻像個老阿伯提一個菜籃子，去把附近不知道是哪個缺德的傢伙，把大海當作免費的練習場，打出去的球撿回來，時常一次就上百顆球，上面還有球場的名字，顯然是從球場偷出來的，未免也太誇張了。我還每隔一段時間特地開車去把一籃一籃的練習球還給球場，對方不但沒說謝謝還被瞪哩。

這也就算了，有次我去朋友新家喝茶，他說一時不察，才買了蓋在某頂級高爾夫球場中央的別墅，結果搬家後第一次下雨，球場草地的水流進魚池裡，整批昂貴的錦鯉就立刻被殺蟲劑毒死，從此他們都不再敢喝家裡的水，他這樣一說，我嘴裡的茶差點兒要噴出來。

種種印象，造成我固執地相信愛好高爾夫球的，都是該打屁股的壞孩子，就算老虎伍茲流著亞洲血統，我也不覺得有絲毫光榮（雖然本來就不該沒事亂攀關係）。奇怪了，全世界都在節能減碳，世界上淡水都不夠用了，我還是不時會聽到環保團體指責美國的亞利桑那州還是內華達州，乾燥的沙漠中蓋只有少數有錢人才能使用的人工高爾夫球場，光是草坪的用水，就占了全州的一半甚至七成以上！這不是存心要氣死我嗎？

就在我對高爾夫印象壞到不能再壞的時候，竟然傳出美國超級巨星賈斯汀（Justin Timberlake）在他南方田納西州的家鄉，推廣環保高爾夫的消息，不由得讓我意外又抱著懷疑的態度，看那高爾夫球場，眞的能環保嗎？還是他只是在趁勢宣傳他開的高球場 Mirimichi Golf Course？

Mirimichi（怎麼聽起來很像日文咧？）號稱是全美國第一個得到 Audubon International Classic Sanctuary 認證的球場，再生使用球場80％的能源，還舉辦歐美各高球俱樂部的大會，討論如何讓這常常被環保人士抨擊得體無完膚的運動，能夠更環保，更盡到社會責任。

首先第一件事，就是回收高爾夫球。要求顧客打完球後要回收，這不是理所當然的嗎？爲什麼要沒事把球打到海裡去，讓無辜的我冒著生命危險去撿回來呢？我又不是黃金獵犬！打籃球的人打完球不收的嗎？有人會把擲完的鉛球就留在田徑場裡面嗎？打網球的人也會收網球，但是顯然高爾夫球愛好者，就像我想像中那樣，既沒常識又沒良心，光是美國一年打出去就不復返的高爾夫球，就高達三億顆。

三億顆耶！！！開什麼玩笑！（背景傳來包青天的正義怒吼：統統給我拖出去斬了！）

在十五個國家擁有球場的 Dixon Golf，據說已經提出回收一顆球給一美金的政策，他們說自己不是大公司，沒辦法像別人那樣花大錢打廣告，但是如果顧客覺得他們是比較注重環保的球場，可能會因此傾向選擇去他們家消費。可惜我家附近不是 Dixon，不然我早就變有錢人啦！

當然，舊的高爾夫球壓碎以後，也可以拿來再生變成建材。

也有人開發太陽能動力的高爾夫球車，香港的賽馬會滘西洲公眾高爾夫球場就有在用，聽說可以節省球場三分之二的電費！

用來架球的木頭 tee（發球區），如果用玉米作爲原料，九十天內就可以在土壤中自然分解（木頭起碼要兩年才能分解）。專門製造 tee 的廠商 XT-1 經理在接受 CNN 訪問時，宣稱他們因此少砍了十萬棵樹！

這些努力，足夠讓我對高爾夫球這項運動改變印象嗎？沒那麼快，因爲還是沒有解決高爾夫球場過度用水跟破壞生態的根本問題。但是不容否認，既然這項運動不可能被禁止，高球界能夠意識到這項運動需要做一些改變，那麼我這已經在大西洋裡撿球撿得快要長骨刺的阿伯，也會覺得稍微安慰一些了——當然，如果我家附近的球場也開始一顆一塊美金回收舊球，相信很快就輪不到我來撿了！

——選自《每天多愛地球一點點》，大田出版社

作者簡介

褚士瑩（1971～　），出生於高雄，臺大政治系畢業，曾就讀開羅AUC大學新聞系、哈佛大學甘迺迪學院，現為國際NGO（非政府組織）顧問，致力草根社區發展與環境生態保育，為知名的旅遊作家。著有《繞著地球找房子》、《旅行教我的十一堂課》、《每天多愛地球一點點》、《趁著年輕去旅行》、《給自己10樣人生禮物》、《為自己的幸福而活》等。

悅讀好望角

由於打高爾夫球是一種「常被環保人士抨擊得體無完膚的運動」，故褚士瑩此一收入其散文集《每天多愛地球一點點》的文章，以高爾夫爲主題而出以如此聳動的篇名，便實不足爲怪。但褚士瑩並非眞與高爾夫「有仇」，「有仇」二字，只不過是以誇張手法來強化標題的醒目性與戲劇張力罷了。

全文以詼諧口吻，娓娓敘述他是個對高爾夫「印象壞到不能再壞」的人，所以如此，也許與大學時代上體育選高爾夫球課總是槓龜等等有關，但他在波士頓海邊居所，每逢海水退潮，便須將練球者打出去的球撿回，且「撿得快要長骨刺」的經驗，以及，朋友在高爾夫球場中別墅，雨後魚池內之錦鯉全被殺蟲劑毒死的惡劣印象，尤爲主因。前者，顯示了高爾夫球運動者少有打完球後回收的習慣，於是，光是美國一年打出去而未回收的高爾夫球便有「三億顆」！後者，則顯示了高爾夫球場使用殺蟲劑危害之烈；而作者更指出，在美國沙漠中少數有錢人使用的人工高爾夫球場，草坪用水便占「全州一半甚至七成以上」！——以極少數人而占用絕大部分的水資源，「世界上淡水都不夠用了」還拿來如此揮霍，這當然是不符公平正義之事，也難怪主張「每天多愛地球一點點」的作者，和一般環保人士要「與高爾夫有仇」了。

不過，作者也深知高爾夫球運動是「不可能被禁止」的，所以當他得知高球界已開始做出許多正向改變如——推廣環保高爾夫、開發太陽能動力高爾夫球車、確立「回收一顆球給一美金」之做法、將舊高爾夫球壓碎製成再生建材、用玉米而非木材爲原料打造發球區以減少樹木砍伐等種種環保取向的做法時，便不免「覺得稍微安慰一些了」。

全文聚焦於高爾夫球運動與社會責任、資源分配、節能減碳間的關係，角度特殊，筆調幽默有趣，所言正是其「每天多愛地球一點點」精神的發揮。

誰是壞人

◎吳億偉

從飛機起飛開始，男子就不停地抖腳，抖五秒，休息十秒，抖五秒，休息十秒……，他一抖，座位也隨之晃動起來。這抖保持一定規律，讓人有催眠折磨的難受……

回臺的飛機上，坐我旁邊的，是一位中年男子。

我們一路沒談話，他板著臉，靠窗位置空間不夠大，他總是把腳伸至我座位邊，兩手靠著椅把，凸出的手肘占我座位空間。我能理解靠窗座位促狹不舒服，把身子往走道多挪一點，也將部分的腿伸到走道上，給彼此多一些空間。他盯著電視，空姐詢問用餐時，也不拿下耳機，只是拉大嗓門點餐，吃完飯則大刺刺打飽嗝，一連好幾聲。機艙空氣乾，喉嚨癢發咳在所難免，但每次咳嗽，他總不摀嘴，朝空氣直咳，密閉空間裡我想躲都躲不掉，直皺眉，但機艙昏暗他什麼都沒看見，依舊想嗝就嗝，想咳就咳。

當作考驗耐性，我並未多說什麼，畢竟在經濟艙的擁擠中，每個人都有自己自在的方式，這樣說或許鄉愿或沒勇氣，但我總告訴自己能忍就忍，反正很快就到臺灣了，戴起耳機看電影，調大音量，聽不見他的聲音，身子屈向一邊，不需要與他肢體碰觸，一切都好，但唯獨一項，我真的無法假裝感覺不到。

抖腳。

從飛機起飛開始，男子就不停地抖腳，抖五秒，休息十秒，抖五秒，休息十秒……，他一抖，座位也隨之晃動起來。這抖保持一定規律，讓人有催眠折磨的難受。醒著還好，注意力可完全放在螢幕上，可閉眼休息時，抖動的座位教人心神不寧，快要入睡了，突然又被抖醒。十三小時的飛行時間，他已抖了十小時，實在受不了了，跟他說聲抱歉可不可不要一直抖腳，他正眼都沒瞟我一眼，只是點頭，表情不悅。

B，你還記得，住在臺北永和的頂樓加蓋屋時，隔壁房的那對小情侶嗎？我房不像你房有對外大窗——傳來孩子努力的練琴聲，只有一扇被木頭封死的假窗，假窗背後就是他們的公寓。木板隔音效果差，偏偏這對小情侶一天到晚吵架，女孩聲音尖銳，直透木板而來，總愛使喚男子，大聲尖叫，那句「你回去啦，你回去啦。」每天重複幾十次，但那男子從來沒有回去，還是天天待在那兒，與女孩回嘴，又苦求女孩原諒。

幸而我不那麼怕吵，這對小情侶吵鬧糾葛如肥皂劇日日上演，但劇情膠著不動。一次，小情侶興致來了，買了臺家庭KTV，週日夜晚高唱起來，八點到十點，還行，十點到十二點，應該快結束了吧，十二點到一點，有些過分了，那木板根本擋不住音樂和歌聲，而且隔了牆，那喇叭低頻咚咚節奏聲像是直接打在胸口一樣，整個人無法平靜，我撐到兩點才準備上床，沒想到他們還在大喊還要點張學友的《吻別》，實在受不了了，過去敲門。

第一聲，沒反應。

第二聲，聲音終於停了。

第三聲，我開口：抱歉，已經很晚了……話還沒說完，平常總陪罪被趕回家的男子突然很 man 很凶地說：好啦。

B，這兩個男子的形象，不，應該這麼說，這兩個男子的感覺重疊在我面前。不知何時，我開始覺得困難，每每要展開一段「強迫配對」的關係：長途的旅程，鄰近的室友，沒有選擇餘地，只能接受與調整。這是一種訓練，你會這麼說，人與人的關係本來就是惡霸與隨機，一出生就是開始。

現在我十分偷懶，不想接受這種訓練，飛機火車，只要隔壁沒人，一路興奮；室友不在，萬分自在，一個人簡單許多，不用費心去思考這個那個的問題。而或許，如果我不在旁邊，那男子就能夠盡情抖腳，如果我沒住那間永和樓頂加蓋屋，那對情侶或許能夠一直唱到天亮。所以，不只是我，我身邊的人也是這麼想的，大家都期待偷懶，弔詭的爲了彼此好，不干擾彼此。

B，別緊張，我知道這只是似是而非的謬論。

這些總是要出現的，不然怎知要開口說出眞實感受；這些總是要面對的，不然怎知所謂困擾不只是個人事務；這些總是要碰撞的，不然怎知和諧來自眞正衝突之後。隱而不言的和諧是假的，正如你說過的，只是因爲我不願當壞人罷了。

「但你有沒有想過，正因你不願當壞人，別人就得當壞人了。」

——選自《機車生活》，九歌出版社

作者簡介

吳億偉（1978～　），嘉義縣人，臺北出生，臺北藝術大學戲劇碩士，曾任〈自由副刊〉編輯，現為德國海德堡大學歐亞跨文化研究所與漢學系博士班學生。曾獲梁實秋文學獎、全國學生散文獎、《中國時報》文學獎、《聯合報》文學獎、《自由時報》林榮三文學獎、開卷年度好書獎等。著有散文集《努力工作》、《機車生活》，小說集《芭樂人生》等。

悅讀好望角

吳億偉〈誰是壞人〉一文，從他所曾經歷的個人權益被侵犯的兩件事切入，思索人與人之間相互尊重與和諧可能性的課題。

全文從他某次搭機返臺說起，而在那次坐經濟艙的飛行經驗中，鄰座男子不僅任意伸展四肢，侵占作者空間權益，且目中無人大聲點餐、打嗝、不摀嘴咳嗽；尤有甚者，男子從飛機起飛開始就不停抖腳，不斷晃動座位，嚴重干擾其他旅客。此事令作者不免想起過往住臺北永和某頂樓加蓋屋時，隔壁情侶房客鎮日吵架，尖叫回嘴聲常穿透薄木板牆而來，又屢在夜間高歌大唱KTV，至凌晨仍意猶未盡。這兩件旁若無人、完全以自我爲中心、漠視他人權益的事件，作者原先都「能忍就忍」，視爲「考驗耐性」，至「實在受不了了」、出面懇請對方尊重別人時，沒想到，抱歉的卻都是作者，不悅或很凶的竟反而是理屈的對方。

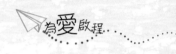

於是作者遂不免感嘆——獨處最爲自在，因不會受到任何干擾，也不會干擾到別人——但最終卻也不免承認這其實是一種「偷懶」、「似是而非」的謬論。因爲人畢竟是一種社會動物，過的是群體生活，除非離群索居，否則類如文中所述這些困擾總是會出現、總是要面對也總會在彼此產生「碰撞」之際，需要加以處理的；而如果「鄉愿或沒勇氣」，亦即B所說「不願當壞人」，那麼結果便是——你不願當壞人，別人就得當壞人了。

全文以向好友B傾談的方式，思考——在「沒有選擇餘地」的情況下，與他人共處互動之際，若個人權益受到侵犯，那麼，維持和諧的自處處人之道當如何？並以「隱而不言的和諧是假的」暗示——爲了眞正的人際和諧，有時當「壞人」有其必要！因此在本文中「壞人」一詞殊堪玩味——除文末最後出現的「壞人」一詞，可從道德角度解爲「惡人」外，其餘所謂「壞人」，所指實爲不鄉愿、依情理行事和有道德勇氣者，與俗稱「唱黑臉的人」意思相近。

國家圖書館出版品預行編目資料

人間愉快 / 陳幸蕙主編. -- 初版. -
臺北市：幼獅, 2014.09
面； 公分. --(散文館 ; 10)

ISBN 978-957-574-970-5(平裝)

855 103016106

• 散文館 010 •

為愛啟程

主　　編=陳幸蕙
出 版 者=幼獅文化事業股份有限公司
發 行 人=李鍾桂
總 經 理=王華金
總 編 輯=林碧琪
編　　輯=朱燕翔
美術編輯=安嘉遠
總 公 司=10045 臺北市重慶南路 1 段 66-1 號 3 樓
電　　話=(02)2311-2832
傳　　真=(02)2311-5368
郵政劃撥=00033368

印　　刷=崇寶彩藝印刷股份有限公司
定　　價=250 元
港　　幣=83 元
初　　版=2014.09
八　　刷=2018.12
書　　號=986265

幼獅樂讀網
http://www.youth.com.tw
e-mail：customer@youth.com.tw
幼獅購物網
http://shopping.youth.com.tw

行政院新聞局核准登記證局版臺業字第 0143 號

幼獅文化公司／讀者服務卡／

感謝您購買幼獅公司出版的好書！
為提升服務品質與出版更優質的圖書，敬請撥冗填寫後（免貼郵票）擲寄本公司，或傳真（傳真電話02-23115368），我們將參考您的意見、分享您的觀點，出版更多的好書。並不定期提供您相關書訊、活動、特惠專案等。謝謝！

基本資料

姓名：________先生／小姐

婚姻狀況：□已婚 □未婚　職業：□學生 □公教 □上班族 □家管 □其他

出生：民國________年________月________日

電話：（公）________（宅）________（手機）________

e-mail：________

聯絡地址：________

1.您所購買的書名：**為愛啟程**

2.您通常以何種方式購書?：□1.書店買書 □2.網路購書 □3.傳真訂購 □4.郵局劃撥
（可複選）□5.幼獅門市 □6.團體訂購 □7.其他

3.您是否曾買過幼獅其他出版品：□是，□1.圖書 □2.幼獅文藝 □3.幼獅少年
□否

4.您從何處得知本書訊息：□1.師長介紹 □2.朋友介紹 □3.幼獅少年雜誌
（可複選）□4.幼獅文藝雜誌 □5.報章雜誌書評介紹________報
□6.DM傳單、海報 □7.書店 □8.廣播(　　)
□9.電子報、edm □10.其他________

5.您喜歡本書的原因：□1.作者 □2.書名 □3.內容 □4.封面設計 □5.其他

6.您不喜歡本書的原因：□1.作者 □2.書名 □3.內容 □4.封面設計 □5.其他

7.您希望得知的出版訊息：□1.青少年讀物 □2.兒童讀物 □3.親子叢書
□4.教師充電系列 □5.其他

8.您覺得本書的價格：□1.偏高 □2.合理 □3.偏低

9.讀完本書後您覺得：□1.很有收穫 □2.有收穫 □3.收穫不多 □4.沒收穫

10.敬請推薦親友，共同加入我們的閱讀計畫，我們將適時寄送相關書訊，以豐富書香與心靈的空間：

(1)姓名________e-mail________電話________

(2)姓名________e-mail________電話________

(3)姓名________e-mail________電話________

11.您對本書或本公司的建議：

廣　告　回　信
台北郵局登記證
台北廣字第942號

請直接投郵　免貼郵票

10045　台北市重慶南路一段66-1號3樓

幼獅文化事業股份有限公司

請沿虛線對折寄回

客服專線：02-23112832分機208　　傳真：02-23115368

e-mail：customer@youth.com.tw

幼獅樂讀網http：//www.youth.com.tw

幼獅購物網http://shopping.youth.com.tw